佳人爱我乎

王辉城

著

上海文艺出版社

图书在版编目（CIP）数据

佳人爱我乎/王辉城著. — 上海：上海文艺出版社，2020
ISBN 978-7-5321-7502-4

Ⅰ.①佳… Ⅱ.①王… Ⅲ.①随笔-作品集-中国-当代 Ⅳ.①I267.1

中国版本图书馆CIP数据核字(2020)第024369号

责任编辑：崔　莉
装帧设计：钟　颖
责任督印：张　凯

书　　名：佳人爱我乎
著　　者：王辉城

出　　版：上海文艺出版社
出　　品：上海故事会文化传媒有限公司
　　　　　(200020　上海市绍兴路74号　www.storychina.cn)
发　　行：上海文艺出版社发行中心（上海市绍兴路50号）
印　　刷：上海中华印刷有限公司
开　　本：889×1194　1/32　印张7
版　　次：2020年3月第1版　2020年3月第1次印刷
书　　号：ISBN 978-7-5321-7502-4/I·5969
定　　价：30.00元

版权所有·不准翻印

故事会　大众文化出版基地　　上海故事会文化传媒有限公司 出品（00910）www.storychina.cn

上海故事会文化传媒有限公司所有图书可办理邮购，免收邮费（挂号除外）
汇款地址：上海市绍兴路74号(200020)；　收款人：上海故事会文化传媒有限公司出版发行部
联系电话：021-64338113
如发现本书有质量问题，请与印刷厂质量科联系 Tel.021-65376981

目 录

上辑 街头终日听谈鬼

恶鬼爱污浊 ... 3

大力出奇迹 ... 8

妖怪爱捣蛋 ... 13

感子故意长 ... 19

棺中有美人 ... 25

鬼官 ... 32

詈鬼好骂人 ... 38

鬼桃花 ... 45

鬼友 ... 52

何不饮姜汤 ... 57

佳人爱我乎 ... 61

落枕与飞头蛮 ... 66

旅店多鬼怪 ... 69

酒鬼的故事 ... 74

唐朝末年保姆案 ... 79

雷劈的故事 ... 83

渣男命不长 ... 88

人生如若大梦 ... 93

猪头与侠客 ... 97

下辑
此情不关风与月

冲冠一怒为红颜 ... 105

呆子,你怕不怕我?... 110

我偏要勉强 ... 114

行乐需及时 ... 118

喝了这杯酒 ... 123

看得见风景的房间 ... 128

茫茫人生,好似荒野 ... 134

门 ... 139

屁股上的春秋 ... 143

墙里秋千墙外道 ... 147

谈"色狼" ... 152

审美 ... 156

审判 ... 160

生命获得大和谐 ... 164

逃 ... 169

捉住她的脚 ... 173

人人都爱触手 ... 178

圣僧要不要 ... 185

江湖无正义 ... 205

宋惠莲的猪头肉 ... 209

后记:志怪与人情 ... 214

上辑

街头终日听谈鬼

恶鬼爱污浊

污浊可分多种。

宗教意义上的污浊，会发展为禁忌，用以规范人的行为。《圣经》对食物的规定，便有"洁"与"不洁"之分。在佛教里，"洁净"与"不洁"亦是一对重要的概念。

宗教的禁忌，随着社会的发展，会成为道德的基础或文化的一部分。今人所说的"污"，其实是道德意义上的。

物理上的污浊，很好理解，便是生活里肮脏之物。屎尿屁之属，不见得比刀剑危害大，但却能在生理上引起人的反感。划分"污浊"重要的依据，便是人的承受能力。

中国大部分的鬼，形成与心有关。人死之后，想不开，有怨气，有杂念，心不通透，魂魄便在现世里饱受轮回之苦。而怪就不一样，是莽莽未知的威胁。

生活里最污浊的地方，是厕所，汇聚浓烈了晦气。古代的厕所，大概近似于农村的茅厕——粪坑上搁两块木板，就行方便——久而久之，排泄物累积一地，臭气熏天。所以，茅厕得离居住房有一段的距离，生活才不会受到影响。污浊之处，必多生鬼怪。

专门在厕所里讨生活的鬼怪，有食鞋怪，见于宋人的《鬼董》一书。

襄阳主簿张有新娶妻，人美但嫉妒心重。张有生了病，想要上厕所却难独行，就想着叫侍女帮忙。然而，妻子生怕有事，不肯。

张有只好自己上厕所，看见有人背坐着。此人又黑又壮，以为是伙夫，便不觉得奇怪。过了一会儿，这个人回过头来，只见他"深目巨鼻，虎口鸟爪"，说："可把鞋给我？"

张有惊魂未定，那怪就从厕所中伸出手来，抓取了他的鞋子，放到口中咀嚼。鞋子仿佛是动物一般，流血不止，那怪如同吃肉，一会儿就吃完了。张有这才惊醒过来，大感害怕，狂奔去告诉妻子。他忧心忡忡地说："我上厕所，要一名婢女相随。"

妻子心下疑犹，便和张有一起去厕所"观之"。张有刚刚"坐厕"，那怪突然出现，夺走另一只鞋"咀之"。妻子这才惊惶起来，忙扶着张有回家。

过了几天，张有到了后院，怪忽然又出现，说道："我还你鞋。"于是，把鞋子扔回给张有。张有害怕不敢捡，仓皇回家。自此，害怕成顽疾，不久就死了。

食鞋怪究竟是怎么出现的呢？书中并未明说。他是不速之客，突然出现。"深目巨鼻，虎口鸟爪"，就是眼窝很深，鼻子很大，嘴巴很大，手指很长，又黑又壮，与中原人差别很大，但也不似夜叉，形象应该比较接近于西域人。食鞋怪似乎并无心害人，只吃鞋。

《鬼董》一书，篇幅不长，细读之，有末世之感。作者写作的社会，风雨飘摇，人心动荡。宋人一辈子都处于外族政权的威胁之中，把外来人口妖魔化，很是正常——都是为了抒发心底的不安。

在宋朝，江南地区很是富庶，城市经济得到一定的发展，相当一部分人口脱离了土地，依靠商贸而活。城市壮大之后，面临着公共卫生问题。简直言之，排泄物如何处理？粪便可作肥农田，然而市民已无土地。于是，专门处理粪便的掏粪工便应运而生。

掏粪工整日与粪便打交道，臭气熏天，人自然会"敬而远之"。一般人看不上这低贱的工作，只有底层百姓才去做。人就是这样，无时无刻都在他人身上寻找着优越感。

优越感是人们生存下去的动力与乐趣。故而，人若是懂得谦卑，尤为珍稀。

与宋朝相比，清朝的江南地区，更为富庶，城市的规模更大，成熟度更高。一言以蔽之，资本主义萌芽。掏粪、担粪人，已是生活里常见的工种了。

自然，他们是"污浊"的。人避之，神亦捂着鼻子远躲。一些恶鬼便瞅准这个空荡，躲在担粪人的桶里，自由穿梭城乡，行凶作恶。《子不语》中有一则《城隍杀鬼不许为蠹》，说的就是这种情况：

台州朱始的女儿，已经出嫁，丈夫外出为业。忽然有一晚，灯下看见一人赤脚走来。他披着红布袍，相貌丑恶，要跟朱女交欢，说："我会娶你为妻的。"

朱女力气小，挣扎不得，被鬼"痴迷"。自此，人就日渐消瘦。当鬼怪没来之时，朱女言笑晏晏，一切如常。他来的时候，周边有风肃然。别人看不见这恶鬼，只有朱女才能见。

朱女苦怪久矣。她姐夫袁承栋，拳脚向来厉害。于是，父母便把女儿藏在袁家——这鬼数日不来。看起来，朱女已经摆脱了鬼怪。

没想到，过了一个多月，恶鬼突然而至，说："原来你藏在这里，害得我到处找，最近才打听到你在这里。我要来，隔一座桥，桥神就拿棒子打我，我不能过。好在昨天坐在担粪人周四的桶中，才过来。以后即使你藏在石柜里，我一样能把你娶走。"

先是，朱女与姐夫商量，用刀来砍鬼。但袁承栋看不见鬼，怎么砍？只能以朱妇的眼睛为眼睛，指哪儿砍哪儿，如此三四天。鬼怪虽然受伤，但并未阻绝，反而惹得恶鬼报复朱女，"殴撞此妇，满身青肿，哀号欲绝"。

怎么一个惨字了得，实在没得办法，只能去城隍那里告状。城隍捉住了恶鬼，原来恶鬼是东埠头的轿夫，名叫马大。这马大凶恶，妻子亦是凶悍，皆是恶鬼。马大因作恶多端，被城隍毁灭，他的妻子被押到罗刹处，充当了苦差。

但马大并非是孤例，有瓜棚鬼突破城门，亦是靠粪桶，因为"大人者恶其臭也"。正所谓是：神仙恶其臭，鬼怪爱污浊。

大力出奇迹

捉鬼不易。

倒不是说鬼有多厉害，而是鬼如人类一样，会生长繁衍，形成一个庞杂的社会。干宝时期的鬼，很是可爱喜人，可是到了明清时期，鬼的种类就多了起来。水鬼、山鬼、饿鬼、吊死鬼、迷路鬼、无头鬼这些常见的，自不必多说，像是蛆鬼、狗鬼、鹦鹉鬼、苍蝇鬼等动物鬼常见于书籍。以身体特征为特色的青胖鬼、哭脸鬼，以职业为特色的书生鬼、挑担鬼、轿夫鬼、木匠鬼等亦渐成气候。总而言之，至明清时期，阴间有阎罗，有各个等级的鬼官和鬼差，有平常鬼怪，有动物鬼，与人间社会无异。

生死有命，将死之时，便会有鬼差来索命，牵引着灵魂到地府。人的此生便终了，进入下一个轮回。人越多，鬼越多。索命是体力活，没有这么多鬼差，只能向阳间借人力，帮忙导引灵魂。

夜晚兼职鬼差的人，有很多。三更五更，熟睡之后，灵魂脱离身体，成为鬼差。他们到达临死之人的家里，用绳子捆走灵魂，那人便一命呜呼。及至天亮，灵魂回归身体，人苏醒过来，仿若如梦。

鬼差的活儿，是苦力活，不讨好。有地位的人不愿意做，只有底层劳动者才愿意去做。鬼差是美活儿，勾通阴阳两界，极受人尊重。遇到疑难杂症了，还可拖鬼差到地府里问一问，卜吉凶，测天命。

江宁刘某，年七岁，肾囊红肿，医药无效，可把家里人急坏了。邻居有名饶氏妇，在阴间里当差。到了当差那天，她就与丈夫分床睡，不吃不喝，像是个痴迷的人。

刘母见儿子病况如此，便托她到地府里查一查。饶氏妇一去三天，回来时说："没什么大事。小孩儿前世喜欢吃田鸡，杀生太多，今生那田鸡来咬，算是报仇。不过，田鸡天生就是给人吃的。虫鱼之属，都是八蜡神所管，只要向刘猛将军那里烧香祷祝，那病便会痊愈。"

刘母照着她的话做了，果然，小孩儿的病就好啦。

饶氏妇在地府里有些门路，这是确凿无疑的。但这门路到底有多广大呢？估计只是认得几名鬼差，徘徊在权力的最外层。她层层打听消息，听得了内幕，获得了信息，亦获得了权力。这自然是她经营的结果。这点权力，在底层人民心里，已经足够构筑有尊严的生活了。

鬼差是苦力活，责任大。还是饶氏妇，有一次她睡了两天两夜才醒。醒后那是满身流汗，嘴里喘气不已。她嫂子就问她："你这是怎么了？"

饶氏妇说："邻居家老婆某某，很是凶恶难捉。阎罗王叫我去捉拿，没有想到她临死之前，还有余力，跟我缠斗多时，幸亏我解下了缠足布，捆绑她的双手，才捉拿过来。"力气大的好处，在临死之时，就体现出来了。

人的灵魂，可穿梭于阴阳两界。有人犯了罪业，地府里的鬼差，便用鞭挞灵魂的方式，来惩罚之。灵魂的受罪，最终还得体现在肉体的苦痛上。比如说，在阴间遭鬼差打屁股了，现实的屁股上便会红肿一片。地府最常用来惩戒人的病，是脓疮。

脓疮会散发出恶臭，会引起人的恶心，且难以根治。也许正是因为此，古代人才会觉得有脓疮是恶鬼在作怪。

兼职鬼差不但廉价，而且稍有出错，便要大受惩罚。

饶氏妇亦有此遭遇。她捉拿的那只恶鬼，化作了苍蝇。有个邻家妇人，很是好奇，便把那苍蝇藏在针线箱中。

过了一会儿，就听到饶氏妇在床上痛苦呼号。良久，方苏醒过来。邻家妇问其故，饶氏如是说："嫂子，你玩笑开大了。因为我没有捉到那妇人，被地府重打三十大板。嫂子，赶紧还我苍蝇，免得地府再罚我。"

邻家妇一看她的屁股，果然有杖痕，心底里无比后悔，赶紧取出苍蝇还给她。饶氏妇把苍蝇含在口中，慢慢平静下来。从此以后，就不替地府做鬼差。

饶氏妇的经历，换谁谁也受不了。可见，她虽然勤勉，但始终游离于体制外，是临时工。功德少，黑锅倒是背得不少。不管多小的权力，一旦临幸于个人，就会让人产生虚幻的幸福感。但权力又是很无情，它很快便会敲碎这幸福感。

力气大，为什么就能缚鬼呢？所谓"力气"，其实是由"力"和"气"组成的。力的大小，由气来决定。气运行于心，力大气也旺，鬼自然害怕。

有时候恶鬼实在是太凶悍了，鬼差没有办法，只得借阳间的大力士来制之。《子不语》卷二有一则《鬼借力制凶人》，讲得便是这种情况：

俗传恶人临死之前，必有恶鬼，因为两者的力量能相互制衡。扬州唐某妻子，向来彪悍，妾婢死在她手上的无数。没有过多久，唐妻便暴病，口中喃喃詈骂不断，像是平日撒泼的模样。

邻居有个叫做徐元的人，臂力绝人。前几天，忽然昏迷，嘴中叫骂声不断，像是与人争斗。到了第二天，才慢慢苏醒。有人就问他什么原因，他说："我被群鬼所借用。鬼差奉阎罗的命令去捉拿唐妻，岂料唐妻力气大，群鬼抵挡不住，所以就借我的力气一用。我和她缠斗了三天，直到昨晚才趁机捉住她的左脚，拉到了捆缚住，交给群鬼。这样，我才归来。"

那人便去看唐妻，果然气已绝。她的左脚上，果然有青色的伤痕。

可见，徐元所言非虚。

妖怪爱捣蛋

　　小时候，做了调皮捣蛋的事情，往往会被责骂成调皮鬼。"熊孩子"的说法出现之后，捣蛋鬼、调皮鬼的说法便日渐式微，现在几乎难得一见。语言嬗变的背后，其实是文化与社会的变化。生长于古代的鬼怪，在现代的生活空间也就日益逼仄。

　　在农业社会里，以捣蛋、捉弄人为乐趣的鬼怪，很是常见。如日本著名的妖怪河童，常常上岸来，做一些无伤大雅的恶作剧。如果有人受伤，河童还会送一些草药，以示歉意。

　　其实，河童是诞生于中国的妖怪，是河伯或河虎的子孙。因为中国驱逐河伯的原因，便沿着江流而下，到了日本。在中国，河伯是凶猛的妖怪，掌管河流，以吃人为乐。河伯的子孙到了日本之后，性情温和了许多，形象也为之一变。他长着绿色的身体，如五六岁小儿般大小，力气很大，喜欢和人掰手腕。河童头顶着一个储水的碟子——里面的水干了，性命就危矣。不过，也有品行不端的河童，喜淫乱，会把人捉到水中溺死。

河童是百鬼夜行里的一员。百鬼中还有好些喜欢捉弄人的鬼怪：比如觉，就是住在山野里，以恶作剧为乐；比如貉，它羡慕人的生活，常化作和尚在寺庙里修行。化成和尚的貉，面容身段，甚至是待人接物都与常人无异。

那么，人们是怎么知道和尚是貉的呢？是尾巴。貉常常会忘记把尾巴收进去。人们一瞧，僧袍下面有条毛茸茸的尾巴，心里就明白了，这和尚是貉。但他们并不害怕，也不去点破，就看貉学着人样的生活，颇有一番趣味。

喜欢恶作剧的鬼怪，几乎都是由动物变化而来，尤其是小型动物。它们没有老虎、狮子、毒蛇等的杀伤力，出现的田野里、村庄里，最多就偷偷鸡鸭，并不直接危及人的生命。而且，熟悉之后，它们也不怎么怕人，仿佛是一名邻居。古时娱乐活动不多，生活单调，这些小动物无疑是一些调剂。所以，调皮、捣蛋的鬼怪是人们对大自然的温情想象。

在一个地方生活久了，就会产生依赖的情感。对人依赖，对周边的环境依赖，也对生活里常见的动物依赖。人们根据生活经验，对动物进行归类——有攻击性的、会伤及人命的，就是坏的；没有什么攻击力和毒性的，就是好的。就在十多年前，我家那边还流行着四脚蛇的传说。四脚蛇并不是蛇类，乃是壁虎或小蜥蜴。虽然被归属于"蛇"，但它们却是好的、善良的。因为四脚蛇咬人了，会给人送草药。送得是什么草药？没有人清楚。

如今想起，大概是孩童顽劣，对生命没有感知，玩耍小动物的时候，手脚不知轻重。捉到蛇了——这是坏的——或乱棍打死，或开膛破肚。而四脚蛇是"好"的，小孩儿自会手下留情。这是朴素的自然教育。

说捣蛋鬼。狐狸作了化作美人之外，也是喜欢调皮捣蛋的。一般而言，狐狸喜欢住在旧房老屋里。他们常常会作祟，让人不敢近前去。若是有大胆人不怕呢？那就以恶作剧来吓之。

明朝万历年间，粤人书生王昶上京赶考。在半路里，借宿于文友家。文友家里头的西边，有一个厢房，看上去甚是雅致可爱。王昶想住到厢房去，却被朋友阻止了。

朋友说:"不是我不肯,那边实在是没法住人。自去年夏天起,那边就常常发生怪事。请了法师来驱除,也无济于事。"

王昶向来有胆量。又听人说,鬼怕正气之人,就不顾朋友阻止,住进了西厢房。他一走进阁楼,里面的家具擦拭得干干净净,一尘不染,不像是荒废已久的模样。王昶心中便对朋友起了疑。

夜晚,王昶在烛光下读书。正入迷处,忽然有团泥巴摔在桌前,把他的书糟蹋得乱七八糟。王昶朝四周一望,门窗紧紧关闭,并无人影,四寂无声。王昶静静地等着,过了许久,并没有声响。于是,他再次拿起书来——刚张口,泥巴就从天而降,砸中了他的脸。

王昶说:"哪里来的妖怪?我一介书生,满身正气!还怕你不成?"他洗干净脸后,书读得更起劲了。而妖怪似乎被他的气势所震慑,寂静无声。王昶读书至三更,方才睡下。

第二天一早,王昶起床。一照镜子,吓了一跳。镜子里的人,乌漆墨黑,不知是谁。过了一会儿,才反应过来,是他自己。原来,有怪趁他睡着,在他脸上乱涂乱画,甚是难看。王昶心中渐生悔意,当初不该不听友人的劝啊。

王昶本想换房子，但转念一想，自己住了一晚就受不了，那是要遭人笑话，面子上挂不住。他赶紧洗好脸，从厢房出来后，遇见了友人。友人问他，是否有遇到事情？

王昶说："昨夜良好，没有异常。"

中午，王昶偷偷出去，到道观里寻访法师。有一位法师，自称是张天师的后人，法力甚高，妖怪不敢近。王昶到了张天师的道观，把情况一说，恳求驱妖的方法。

张天师沉吟一响，说："无妨。住在西厢楼里的，是一只狐狸。它以为你要霸占它的地方，所以感到生气。它本就良善，只是修行不到，不能开口说话，只好用这个手段，来驱逐你。你今晚睡的时候，朝四周作揖，说明自己只是暂住几天，还请方便。狐狸喜欢吃肉，你整几两猪头肉，一壶好酒，准保太平。"

王昶如张天师所言，果然，一夜无事。第二天一早，起来发现桌子上的肉、酒已清光。此后，王昶时不时买酒买肉，招待一番狐狸。他们相安无事。友人对此也啧啧称奇。

就这样过了一个月，王昶得离开了。他收拾好了行李，临走之前，颇感不舍。一个多月来，狐狸仿佛是他的老友，陪他度过漫漫长夜。王昶朝空中拜了一拜，说："胡兄，你好酒好肉，料想你是男子。姑且称你为胡兄吧。如今，我就要离开，上京考试，不知前途如何。但愿胡兄不忘长夜里的知心人。"

空中，忽然一声呜呜，很是感伤。然后，又有一只粽子落在王昶跟前。王昶料想是狐狸送给他的饯别礼，便说："谢谢胡兄厚爱。"

越明年，皇榜发布，王昶高中，进士二十九名，授官秦城知县。王昶这才明白，粽子原来是高中之意。

感子故意长

前些天，高中同学来上海出差。周三晚上，抽空与他见了一面。六年未见，我们的模样，都起了不小的变化。好在基本轮廓还在，不至于相见不识。

人终其一生，都困于情中。这是人的社会属性所决定的，我们在亲情、爱情、友情等关系之中，寻找自己的位置和价值——只有依赖"情网"，才能在社会上立足。没有人是一座孤岛。

但是，人性又是自私的。人们下意识的行为，都是趋利避害。大难临头，自顾不暇，夫妻各自飞；利益不均，兄弟、朋友反目，老死不相往来；极端的状况，是饥荒之时，易子而食，为了活下去，悲壮而凄惨。我们所依赖的人情，既坚韧又脆弱。

说友情。友情的可贵之处，就在于两个没有任何血缘关系的人，羁绊在一起，形成密切又疏离的关系。现代人的友情，来得快，散得也快。现代通讯技术这么发达，手机随便摇一摇就能把一个陌生人变成朋友，甚至是有亲密关系的朋友。容易得来的东西，很难会去珍惜，这是人的天性。

古人不一样，他们生活范围小，认识一个陌生人不容易。尤其是读书人，张眼望过去，都是粗糙的汉子、饶舌的大妈，话谈不到一块去，生活就容易憋屈、苦闷。故而，读书人若是遇到一个知己，少则促膝长谈，多则同床共枕。

清朝乐钧在《耳食录》中，记载着一则很感人的故事，名叫《青州贾》：有商人丙、丁两人，感情很好，都是青州人。有一年，他们相约到长沙去合伙做生意，定在某日启程，在一个会所里见面。

先是，丙先来到会所，但丁没有来。丙在会所里等了十余天，没有见丁，便以为丁已经爽约，心底不快，于是就一个人去做生意。三年之后，丁突然来到。当时，丙已经赚了好些钱，准备回家。

他看见了丁，说："你怎么来得这么迟？我就要回去了。"

丁深深谢罪自己来晚了，但并没有说明来晚的缘故。他说："既然你要回家乡，那我就跟着你回去好了。"

对于丁的行为，丙感到很奇怪，便问起了原因。

丁说："我怕路途遥远，你一个人孤独，怕出了什么事。我愿意与你相伴，以赎晚来之罪。"

丙婉拒说："你千万不要这样。你大老远过来，肯定是有所作为。现在为了我，没有做成什么事，就要回去。这就是我连累了你啊。"

丁坚持再三，与丙同行。丙只好答应。虽然他很感动，但心底也有丝丝疑惑。为什么呢？因为有事耽搁而延误，晚到长沙，还说得过去。现在无缘无故就要立刻回到家乡，于理不通。即使两人情谊甚笃，丙对自己爽约的行为感到至深的愧疚，也不至于此，这里面必有蹊跷。

丁在路途上的行为，打消了丙的疑虑。不管是在路途之中，还是客居旅店里，丁所表现出来的情谊，逾于往日。丁又常常感慨人生聚散、朋友离别之恨。他的话，让人感到凄然，仿若寒冷冬夜听见了呜咽的笛声、对着惆怅的落月听见了断琴之音。

两人到了青州，丁家离丙家，大约两百里。两人既要分手，丁就约丙三天后去他家拜访，说要盛情相待。在岔路上，丁依依不舍地握着丙的手，恸哭而别。丙亦感到凄恻，潸然泪下。

三日之后，丙如约造访。然而，不见丁出门见客，只见他的妻子流泪出来。见到了丙，丁妻擦干了眼泪，说："先夫亡故，已近四年。他死的时候，正是先生前往长沙的前夕，所以来不及告诉你。他在弥留之际，还对失约之事，耿耿于怀。昨晚在梦中，他跟我说，明天先生会来，应该做好饭菜来招待。"

丙一听，不由大哭。他叫丁的儿子带他去丁的坟墓之处，酹酒一杯，深情祝告："朋友啊朋友，你已经在泉下了吗？以前我以为你爽约，没有想到我们已经天人相隔。你不远千里，与我同归，这是名副其实的生死之交。你形体虽灭，情谊却深，千古以来，绝无仅有。现在一樽酹酒，与你同饮。愿你我情谊，天长地久。"

说罢，痛哭哀号。丁之子，亦感伤于内心，大哭不已。行人路过，莫不感伤落泪。忽然，坟前刮起一阵阴风，草木纷飞，迷雾渐生。

一团人影出现在迷雾中，是丁。他对着丙拱手挥泪，良久，才不见踪迹。

正是有了这样的故事，才让人觉得友情的伟大与弥足珍贵。杜甫有句诗："十觞亦不醉，感子故意长。"意思是说酒喝了一杯又一杯也不醉，朋友的旧情谊，让人由衷感动。人海茫茫，朋友难得一见，自然是要"故人具鸡黍"。这是日常生活里的欢欣和"意外"——年轻人不懂，以为彻夜喝酒就是友情。其实不然，他们只是喜欢吹牛逼的感觉。

朋友渐零落，生活充满了惆怅与无奈。但日子还得过，所谓成长，便是逐渐忍受、适应生活的枯燥与机械。

但是，友情的形态，是多种多样的。人鬼情未了，感人至深。有一些"损友"，即使是死后，也不忘补刀朋友。纪晓岚讲过这样的一则故事：

有位书生，年纪大，科举参加好几次，都没中，一直以教书为生。一天晚上，他从学堂出来，步行回家。正走着，忽然听见背后有人喊他，回头一看，是一名老友。可老友已经死去多年，书生知他是鬼，也不觉害怕。

两人一起往村里走。路过一户人家，鬼对他说，那人屋里有光，灿若星河。书生一瞧，那户人家乌漆墨黑的，哪里有光？他心底甚是疑惑，鬼就跟他说明了理由。

原来读书人的才华能化为光,这光人看不见,只有鬼神才能见。如果是文曲星下凡,那就是灿若星河,再次之,则是照亮一室一户,以此类推。

书生一听,来了兴趣,忙问:"我身上的光是哪种?"

鬼一听,哈哈大笑,说:"你身上的光,犹如萤火。"

书生气不打一处来,想要打鬼。可鬼,一下子就消失了。

棺中有美人

宋朝新昌县令，其名已经不可考。有一年，他的妻子去世，便请女工来做寿衣。女工里有一名妇人，长得美丽可爱。县令心中欢喜，便把她留下来，陪伴自己。几个月之后，女人愁容惨淡，言语悲切。

县令心中奇怪，问道："何事如此伤心？"

女人说："以前的丈夫就要到这里来了，'身方远适'，所以感到悲伤。"

县令说："在我这里，谁能我何？你照常饮食，不用担心，不必苦恼。"

女人被劝住了，但过了几天，又请求着离开。县令全力劝女人，终究无效果，留不住。女人见县令情深，便用一只银酒杯作分别纪念,说:"如果以后苦苦相思,可以睹物思人。"

县令随即返礼,送了女人四匹罗缎。女人离开后,他整日思念,拿着银酒杯不放手。每次回到衙门里,就把它放在公案上。

话分两头。在不久之前,县里有个校尉已经罢官还乡。不过,他的妻子新死不久,便把棺材留在县里。一天,他回来迎柩,便投帖子拜访县令。到了县令家,看到桌上的酒杯,很是眼熟,数次拿过来瞧看。县令见他举止奇怪,便问缘故。

校尉说:"这是我妻子的陪葬品,跟尸体一起放在棺材里,不知为什么会在这里。"

县令感慨良久,便把事情的起因经过说了,并把女人的身形、声音一一形容。赠酒杯罗缎等事,也没有隐瞒。

校尉听后,愤慨许久,于是叫人打开棺材,只见女人抱着罗缎而卧。校尉感到愤慨难当,一把火烧了女人的尸体,并把骨灰沉到江河中去。

故事出自《鬼董》卷一。"身方远适",适是嫁人之意。这里的"远适",乃是说委身于人。古人对贞节极其看中,对于校尉而言,妻子死后给他戴了绿帽子,是可忍孰不可忍。

对于出轨的妻子，校尉的惩罚，极其严厉。在古人的观念里，挫骨扬灰乃是最严厉的惩罚，比公认的酷刑杀千刀还要残酷，因为这剥夺了来生的可能——没有什么比彻底剥夺希望更残酷的了。

贞节问题，暂不讨论，且说棺材美人。

人有生的欲望，也有死的本能。死亡是肉体的消弭，是人生的终点。人对肉体的消逝，怀有出自本能的恐惧。人对死亡是抗拒的，但死又是不可逆转的规律，所以常常会想尽办法来规避之。古代帝皇常有长生的愿念，所谓"生年不满百，常怀千岁忧"即是也。

在这样的矛盾之下，便产生了对死亡的审美。棺材与美人的组合，正是死亡与爱情结合，诞生出奇异的美来。

爱情长长久久，是人朴素的向往。但在漫长的人生之中，爱情善始善终者少，不如意者十有八九。兵燹、流民、土匪、改朝换代、瘟疫、病患、饥荒等，无时无刻不在威胁着人生。

人死复生，着实是动荡人生里的一个浪漫的希望。在古典笔记小说里，美人死后复活，她们或借尸还阳，或肉身不糜，总而言之，是经典的桥段。

晚唐诗人崔护写了《题都城南庄》，让人浮想联翩。后世文人孟启借此敷衍出一段凄美的爱情来。

博陵才子崔护，人聪明，长得帅，但性格孤洁，考取进士功名。在一年的清明，独自游览都城南郊，遇到一处山庄。这山庄，有一亩地这么大，花木丛草，里面寂静无人。崔护敲了许久的门，才有一名女子从门缝里窥视。

女子问："是谁啊？"

崔护把自己的姓名告诉了她，并说："独自踏青寻春，口渴已久，不知能否给我一杯水？"

女子很快就进了屋内，端出一杯水。她开了门，搬出坐具，叫崔护坐。她就自己独自靠着小桃树，立在一旁。她对崔护极为深情，又长得绰约动人。崔护遂用言语来引逗。

女子不响，只彼此注视良久。

崔护起身告辞。女子送至门外，依依不舍。崔护亦回望多次，才缓缓离开。此后，崔护便下决心，断了见她的念头。

到了第二年清明节，崔护忽然很想念女子，情难自已，于是便照旧路去寻找。山庄与门院如故，之时门扃已锁。崔护感慨良久，便在左门题诗：

去年今日此门中，人面桃花相映红。

人面不知何处去，桃花依旧笑春风。

过了几天，崔护偶至都城南郊，又去寻访。刚到那边，忽然听到里面有哭声，便敲门问之。有一名老人出来，说："你是崔护么？"

崔护说："是。"

老人大哭："是你害死我的女儿。"

崔护心中惊恐，不知如何回答。

老人说："我的女儿年已十五，知书达理，还未嫁人。从去年以来，经常神情恍惚，若有所失。前几天我们一起出去，等到回来，看到左门上有字。女儿读了之后，进门就病，遂绝食数天而死。我已经垂垂老矣，只有这个女儿。所以久久不愿意让她嫁人，是要寻求一名品性、外表都好的人，可以寄托我的余生。现在女儿遭此不测，难道不是你害的么？"

说完，老人抱着崔护大哭。崔护心中亦悲恸，便要求入屋内吊哭。尸体俨然在床。崔护抬起她的头，靠在自己的腿上，哭着祷告说："我在这里啊。"

慢慢地，女子张开了眼睛。半日，她复活过来。老人大喜，便把女儿嫁给了崔护。

女子身体尚未僵硬,估计死亡时间并不长——也许,她只是饿晕过去,生命体征微弱,老人便认为死了过去。不过,这样理性的推测,实在是不够浪漫。崔护与女子的故事,宋洪迈在《吴小员外》里进行了一番解构。

准确地说,这里的女子,算不得棺材美人,因为她并没有下葬。真正的棺材美人,是下葬许久,与男子幽会,两人情深,不舍分开。但人鬼殊途,不好在一起。若是尸体已经糜烂,那鬼魂便会借尸还魂。袁枚在《子不语》卷一中的《灵璧女借尸还魂》,便说的是这种情况。

还有一些女鬼,复活的状况要更复杂一些。《搜神记》里有一则《谈生妻鬼》,干宝是这样写的:

汉朝的谈姓书生,年四十岁,没有妻子,常常慷慨激昂地阅读《诗经》。一天半夜里,忽然有女子到来,年纪十五六,身上服饰天下无双,美丽动人,来给谈生做妻子。

女子说:"我与常人不同,不要用烛光来照我。三年之后,才可照我。"于是与谈生结为夫妇,生有一个孩子。

过了两年,谈生心中实在好奇,忍不住,等到妻子夜里睡着之后,偷偷拿烛火来看。只见妻子腰以上已经生肉,如人的模样,以下则是枯骨。

妻子很快就察觉，醒了过来，说："你辜负了我。我就快要复活，你就不能再等一年，竟然现在来照我？"

谈生赶忙道歉。妻子哭泣不止，说："和你的情义虽然永远断离了，然而我还顾念着我儿子。要是你穷得养不活他，暂且让他跟随着我吧。现在，我送你一样信物。"

谈生跟着妻子走进一家华丽的屋子，里面器物等皆不凡。妻子拿出一件缀着珠宝的长袍，送给了谈生，说："你可以靠它养活自己。"接着，妻子撕了一块谈生的衣裾，离开了。

后来，谈生拿着长袍前往街市睢阳王家卖了，得到千万钱财。睢阳王认识那长袍，说："这是我女儿的衣服，怎么会出现在集市里呢。肯定是盗墓出来的。"

睢阳王把谈生捉拿过来，谈生把真实情况说了，睢阳王不信，乃去察看女儿的坟墓，完好如故。挖出棺材一看，棺里果然有谈生的衣裾，把谈生的儿子叫过来一看，正像他女儿。

睢阳王这才相信了，随即召谈生，把珠袍还给他，认他为女婿，并上书朝廷册封他儿子为郎中。

穷苦书生遇到美丽艳妻，是文人一贯以来的绮梦。但，谈生怎么跟骨骸生孩子，至今未明。

31

鬼官

人书一读多，就容易胡思乱想。想什么呢？多是美色与权势。

古时候的书生，进京赶考，半途中住在寺庙里，或借宿于友人家，往往会有绝色美女自逾窗而入，投怀送抱。这些美女，有的是狐妖，有的是花精，或者是鬼魂。书生与美女，缱绻几晚，打发了旅途的寂寞。

官，也是书生一直孜孜以求的。自文字发明以来，就与权力有着密切的关系。汉字传说是仓颉发明的。他一造字，便是"天雨粟、鬼夜哭"，天地为之一变。最初的文字，镌刻于龟壳之上，与巫有关。巫，是沟通天地神灵的媒介和渠道，亦代替神灵管理百姓。

这种渠道，便是权力。文字一发明，便是分享了巫沟通天地、管理百姓的权力。所以，福柯说："知识就是权力"。

古代书生的出路，不像今天，可以选择很多的职业。若是不考取功名，正经一点的，就是当坐馆先生，成为富人家的家庭教师。或者改行，去经商等。十几年的苦读，最后只做个坐馆先生，换谁心里也憋屈。人活一辈子，总得追求点东西，好实现自我价值。

但官员的职位就这么点儿，考取的竞争又是相当的激烈。许多人考了一辈子，也只考个童生，或者是生员，活着心里憋屈。书生四体不勤五谷不分，不事经济，啃老、吃软饭。没有创造价值，反而消耗了许多资源，范进未中举之前，就是这么一个生活状态。这样的书生，没有被人瞧不起，都不好意思活在世上了。

所以，许多书生当不了现世的官，便"向往"着阴间的官。这"向往"，倒不是说自己真的去自杀，而是有点儿"无奈"。大多都是被地府里的阎罗等高级官员招去，叫他们主政一方。

但毕竟是"身死"，一下子应承了，会让人觉得官瘾太大，得推辞，显得做这"官"非自己所愿。推辞的理由，几乎都是要尽孝，或要处理好后事，跟家里人交待一下。现实中推辞官，也是这一套。不管是阳间还是阴间，处事的逻辑大体是一致的。《聊斋》《子不语》《夜航船》等志怪小说的开篇，就是去当鬼官的故事。

鬼官，附属于地狱。地狱的概念，源自佛教。经过中国人的改造之后，地狱成为了一个惩罚系统，亦成为正义观念的一部分。阳间作恶事、造业太多，在阴间必定会受到惩罚，影响了轮回，下辈子受苦的该是恶人。存在着地狱，对于中国人来说，意义重大。因为这是纾解现实苦难的一个途径和出口，没有地狱，社会早就崩溃了。

地狱的运行机制，跟现实中的衙门，相差无几。所以，书生死后去当鬼官，乃是"无缝对接"。一般人去当"鬼官"，官职不会太大，常常是城隍一类，犹如县官，主政地方，管管诉讼等小型案件。

为何向往的都是小官呢？若是一个书生，一辈子都没有考取到功名，断然不会幻想自己能成为宰相等大官了。县官反而成为最切实际的目标，跟家里人解释，也好理解。若是自己将死之时，留下遗言，说自己要去地府当阎罗王了，不必伤心。谁信？所以，得有一个大家都有的概念，乡里乡亲才能理解。

毕竟中国是熟人社会。生前没有考取功名，活着没有尊严，死后也要争回面皮。中国人的社会里，个人与家族的尊严，向来是一荣俱荣，一损俱损，勾连甚紧。

笔记中描写如何当鬼官的情况，比描述去当官的盛况，要少得多。几乎每个要去当鬼官的人，几乎都会让家里人看到"仗仪甚伟"的迎官盛况。这来源于现实生活中的经验，被嫁接到阴间里去。但家里人怎么当官的，却很少描述——这是经验所未到达的地方——也无须描述。

做鬼官，是单纯的找回尊严的仪式。

做鬼官的风险，是同阳间一样的，有着森严的行政系统。不过，最大的风险，并非来源于此，而是权力通胀。袁枚《子不语》中卷二有《关神断案》一文，讲的就是鬼官通胀之事。

说的是溧阳孝廉马丰，在西村李家当坐馆先生。李家有邻居王某，生性凶恶，家暴妻子。一日，妻子饿得快要不行了，便偷杀了李家的鸡，煮了吃了。这事，被李家知道，告诉了她的丈夫。

那时，王某刚喝完酒，心下大怒，拿着刀牵出妻子，审问清楚事实之后，就要杀她。妻子非常害怕，就诬鸡是马孝廉所偷。孝廉无以自明，便请去关神庙，请关神作主。与神沟通，要扶乩，卦阴就是王妻偷，阳就是马孝廉所偷。

这卦，一连掷了三次，都是阳。

马孝廉就坐实了偷鸡之事，也因此被李家解聘了，失业数年。

后来，有扶乩之人，刚刚登坛，就被附身了，自称是关神。马孝廉一听，气不打一处来，大骂神之不灵。

关神便说："马孝廉，你以后是要当官的，难道就不知道事情的轻重急缓？你偷了鸡，不过是失业，王妻偷吃，就有性命之忧。我是宁愿承受不灵不名，也要救人性命。上帝看我能识大体，已经连升我三级了。这样，你还怨我？"

马孝廉仍不服："关帝爷已经封神了，怎么还能升职？"

关神说："现在四海九州，都有关帝庙，哪里有这么多关神去管理？所有乡村所立的关帝庙，都是奉上帝之名，挑这乡里乡村的正直的鬼，来代替关神管理。真正的关神，在上帝左右，怎么会降凡呢？"

鬼官一通胀，权力便被稀释。城隍也是这样的，各地皆有城隍，权力最后也只能管管乡里乡村——大概是由县太爷变成了里长村长之类的。

署鬼好骂人

骂人门槛低。

门槛低,是因为人人都长了嘴。路见不平,张嘴相助,方为真豪侠。

侠是什么?是正义的象征,是英雄的化身,是茫茫黑夜里永不磨灭的萤火虫。侠的光明,需要匪的黑暗来衬托。匪是什么?是邪恶的化身,是堕落的象征,是明净世界里的纷纷扰扰的苍蝇。

侠与匪的对立,是善与恶、黑与白的对立。两者怎么区分?靠道德。济世救人,为国为民,是侠;杀人放火,奸淫掳掠,是匪。一个社会若是出现了江湖,必然是庙堂失序的结果。"居庙堂之高,处江湖之远",庙堂是朝廷。

朝廷不力，法不彰显，人无可依，便群魔乱舞，百鬼夜行。有人在这乱世中，敢于匡扶正义，必有大勇气，是为侠。故而，侠的核心竞争力不在于武功，而在于道德。

道德的形成，是群体利益分配的结果。远古时期，资源不足，人类茹毛饮血，部落之间竞争激烈，但婴儿的存活率又极低。继续争斗下去，部落就得消亡。于是，得有禁忌，界定人的行为边界。什么可以做，什么不可以做，一目了然。

最初的禁忌，来源于巫。这个连接天意的职业，在人类早期极为重要。他们规定了最原始、最朴素的禁忌。社会越进步，禁忌便会越清晰、严谨、合理。一部分禁忌成为了法律，一部分变成了道德。

但道德又是暧昧的，因为够不到暴力的惩罚。于是，对于道德败坏之人，只能以口来惩罚，也就是舆论惩罚。中国是人情社会，若是一个人的坏名声远扬，那么他所在之地，几无立锥之地。

骂人在本质上是在行使治理社区的权力。这点权力，虽微不足道，也极其容易让人上瘾。而骂人又以道德攻击最为容易。为何？因为无须高深知识，无须过人一等的力量，甚至无须良好的品行，只要他人在道德上出现一丝污点,皆可破口大骂。

在骂人中,提升了优越感,升华了人格。

纪晓岚讲过这样的一则故事:郭六,是淮镇的农家妇女。不知是丈夫姓郭还是父亲姓郭,反正大家都叫她郭六。雍正二三年间,发生了大饥荒。她的丈夫自度难以生存下去,便决定出去乞讨为生。临走之时,对着郭六长跪:"父母年老又有病,我就托付给你了。"

郭六向来有姿色,乡里有少年见她挨饿,便用金钱引诱她。然而,郭六"皆不应",只靠女工来养活一家人。不久,女工也难以维持生计,只好把邻居们聚集在一起,叩头说:"丈夫把公婆托付给我,现在已经竭尽全力,如果不想其他办法,一家人都要饿死。如果大家能帮我,就请多少帮一点。不能的话,我去卖身,请不要笑我。"

邻居们一听这话,皆夷犹不应,欲言又止,慢慢散开。

郭六悲恸,把情况告诉公婆。自此,她公然与浪荡子鬼混。卖身所赚的钱,她偷偷存起来。这钱,被她用来买了一个女人。郭六对浪荡子防范甚严,不让外人见到女子的脸。有人就说,郭六想用女人来赚大钱,她也不分辩。

过了三年多,郭六的丈夫归来,寒暄罢了,便去见父母。郭六说:"公婆并在,今天都还给你了。"又领着那女子见她丈夫,说:"我的身子已被玷污,不能忍垢含耻地与你一起生活了。现在已经为你新娶一妇,现在交给你。"

丈夫惊愕未答。郭六说:"我去给你做饭。"

郭六往厨房去了,拿刀自杀。

县令下来验尸,见郭六双目炯炯,死不瞑目。于是,县令便主张把郭六埋葬在祖坟里,而不是与丈夫合葬。县令的理由是:"不与丈夫合葬,是表示与丈夫断绝关系;葬于祖坟,是说她并未与公婆断绝关系。"

郭六,并没有瞑目。她的公婆就哀号说:"她本是一名贞妇,皆是因为我俩才如此。亲儿子不能养父母,反而叫老婆来养。男子汉不能养,却逃避叫女子来养。若是旁人理解她的苦心,这到底是谁的过错?这是家事,官府不必管。"

公婆话音刚落,郭六的眼睛便合上了。这事,当时在乡村里议论不一。

议论,自然是在争议郭六的行为是否合乎礼制。清朝时期,道德观念较为粗糙。郭六的行为,是"节"与"孝"的冲突。有没有办法平衡这两点?有,就是生活安稳。所以,纪晓岚的祖父对郭六的行为,也不敢妄下定论，只能交给上天。

由此可见，对一个人的行为，进行道德评判，该有多难。人生活于世，或多或少，都会出现道德无法评判的行为。

上至豪富，下至贫民，遵守的皆是同样的道德。所以，道德作为评判他人行为的准绳，又是最为广泛的。不管是谁，皆可以"道德"骂之。通过贬低他人，抬高自己，以增添生活的乐趣，是人之常情；用别人的错误，来为自己的愚蠢找借口，也是人之常情。说到底，人就是无时无刻在寻找生活优越感的生物。

因此，常常有人以骂人为业。明人的笔记中，有一则《关帝怕詈鬼》，说的就是骂人骂到人神皆怕。

明万历年间，嘉善有位读书人，姓贾。贾先生虽年老，但脾气大，喜骂人。无论多小的事，都能引据经典，把人骂得狗血淋头。对于乡里的年轻书生，尤为不客气。有位甄志，家甚贫，但向来读书甚勤，常读书至五更。

一天中午，贾老先生从甄家窗前过，见甄志在睡觉，不由心生怒火，破口大骂，"秽言难闻"。甄志乃是本分人，不过那天实在太累，心中憋火，忍不住还了几句嘴。贾老先生一听，更是怒不可遏，"逾窗而入"，追打甄志。

甄志只得离开家，避而远之。

甄志到朋友家住了三天，估摸着贾老先生气消了，便回到家。可刚走到村口，就见村民脸上有喜色。贾家那边白幡远扬，原来贾老先生气急攻心，堵住胸口，一命呜呼。甄志走近贾家，见贾老先生脸上并无悲戚之意，方才晓得每个人都"苦贾久矣"。

贾老先生不在，村中氛围为之一变，男人、女人都活泼许多。甄志也不用时时担心挨骂，专心读书。有一日，甄志想自己读经书甚是苦闷，便拿出野史以解闷。他刚翻开书，忽听到口中有恶言："稗官野史，对举功名有帮助吗？"

这声音，熟悉得很。再过一会儿，屋里又是一阵恶言。原来是化作鬼魂的贾老先生。他越骂越凶，几近犬吠。甄志怒不可遏，将书扔掷在地："就算我去乞讨，干卿何事？"

鬼一愣，然后继续骂。不过，声势渐小，最后声音消失在空中。

第二天甄志起来，发现村子里的人，个个愁眉苦脸。原来，昨晚每个人的经历都如甄志一般。大家凑在一起，商量怎么办。有人说，无常寺中有僧人，甚是神通，可驱魔除鬼。甄志便伙同村民一起去邀请神僧。

神僧听明来意，沉吟不响。

甄志说："大师，我们该怎么办？"

神僧慨叹一声，说："无机可时。贾老先生生前气盛，死后化作罾（lì）鬼。罾鬼无所不骂，就连城隍都避之不及，就更不要说我们这些人了。"

甄志苦求神僧指明生路。神僧无法，只得说："你去关帝庙里祈祷吧，若是关帝爷肯帮忙，此患可除。"

甄志与村民来到关帝庙里，准备美食美酒，虔诚祝颂，希望关帝爷大显神通，驱除罾鬼。夜晚，一身绿袍的关帝爷出现在甄志的梦中。

关帝爷说："罾鬼人神皆怕，我亦无能为力。"

鬼桃花

书生好艳遇。

其他职业的,一样喜欢艳遇,但目的性太强,不美好。牛郎看到七仙女,偷了人衣服,胁迫人结婚生子。田螺姑娘也是如此,灶前灶后,到头来还是结婚生子,很是寡淡无聊。

书生不一样,能读得起书的,家境比贫农还是要好的。况且,古代读书人的地位一般比较高。即使考取不了功名,也可作私塾老师。过年过节也可帮乡里乡亲写对联,操持一些红白喜事。虽无荣华富贵,但至少生活无忧——不像是赤农,娶妻生子是个奢侈的愿望。

艳遇,是一种秩序外的欢愉,是意想不到的快乐。无艳遇，并不影响生活，有艳遇，则是平常日子里多了份绮丽的梦。所以，书生的艳遇对象多是鬼、狐、妖等灵异之属。

狐妖遇到书生，有传奇性，这就是日常生活起波澜。试想，一桌子朋友聚在一起，喝喝酒，吹吹牛，若是有谁说自己遇到了好姑娘，还不引人注目。但这姑娘若不是人类，定会引人遐想。故事要传奇性，生活亦要，不然会被庸俗的日常给闷死。

在宋朝，汴梁就有富家子吴小员外，偕同两名好友，到金明池去游玩。三人走了条小路，忽见花竹丛中有家酒肆，酒肆里器物井然有条，极其潇洒可爱。店内寂无人声，唯有一名卖酒的姑娘。

姑娘长得漂亮可爱，三人见了，不禁心生欢喜，遂起了轻浮之心。友人说，可以叫姑娘一起来喝酒。在友人的怂恿之下，吴小员外用美言逗引姑娘。姑娘倒也大方，欣然而应，岂料刚坐下来，还没有喝酒，她的父母便自门外而入，吓得姑娘赶紧离开。

三人酒意阑珊，很快就离开了酒肆。当时已经是晚春，日光进入了薄夏，三人也不出来游玩了，但对姑娘的思慕之情，却没有放下。于是第二年春天，三人约在一起，重新来到酒肆里。店已萧条，姑娘早已不见，唯有一对老夫妻。

三人上前打听姑娘消息，老夫妻愁眉不展，说："她是我的女儿。去年全家去上坟，有个轻薄少年诓她饮酒。我回来后骂了她几句，你这样轻浮以后怎么嫁人？没几天，她就抑郁而死。酒肆旁边有个小土丘，就是她的坟墓了。"

吴小员外三人一听，吓得赶紧离开。一路上三人追忆往昔，伤心惆怅。

夜色降临，三人将要进城门，忽然看到姑娘挥舞着头巾跑来，喊道："我就是去年那位姑娘，员外可否去我家找我了？我父母为了让你绝望，用死亡和假坟墓来骗你。今天我也在找你，还好在这儿碰见了。其实，我已搬家到城里的一条小巷子里，一楼极其宽敞明亮，不知道可否一起去？"

桃花入怀，拒绝了还算是男人么？自此，吴小员外便与姑娘夜夜笙歌，好不欢乐。过了两三个月，吴父一瞧，儿子脸上无颜色，看起来就要死了似的，便揪住了两人，责问道："你引诱我儿子去哪里浪荡了？现在病得这么严重，要是死了，就把你们揪到官府里去！"

两人这才慌了神，心底也起疑。两人听说有道士善于治鬼，便前往拜访，"邀同视吴生"。那道士远远一看，就惊叫道："鬼气太重了，死期近了。要急避西方三百里外，躲够一百二十天，才有可能活命。"

这把三人吓得不轻，赶紧"驾往西洛"。可是这姑娘，就是如影随形，每到打点处，姑娘避在房内，晚上占据了床。没有办法，三人只得继续逃，到了洛阳没有多久，三人在酒楼里商量如何是好，"且愁且惧"。

此时，恰巧酒楼下道士骑驴从门前过，三人蓦然见了救星，哀求活命。道士结坛行法，"以剑授吴"，说："你理应要死的。今晚回到家，紧闭窗门，黄昏的时候有人敲窗，不管是什么，就一剑刺死。要是有幸杀了鬼，你还有活命的机会。要是杀了人，就偿命。都是一死，搏一搏吧。"

吴小员外照着道士的话做了。果然，黄昏时有人敲门，吴小员外二话不说，一剑击之，有人应声而倒。举灯一看，是那日夜缠绵的姑娘，流血滂沱，好不吓人。这事自然是被衙役知晓，吴小员外、两位朋友并道士一起被拘到衙门，看来就要偿命了。但审问下来，却没有结果，知府便派衙役前往郊外去调查。

两老人说:"女儿早就死了。"

等发棺一看,果然衣服如蜕,形体无影无踪。四人遂得脱。

这则小故事,其实与崔护的诗歌《题都城南庄》有关。崔护写了"人面不知何处去,桃花依旧笑春风"之后,后世读者颇觉不圆满,便给他敷衍了一段艳遇。崔护的遭遇跟吴小员外一模一样,但结局却是好的。崔护是伤心过度,发棺之后,姑娘死而复活,两人甜蜜地在一起。

人死之后,肉体不糜,夜晚则出来会男子,这样的故事,在笔记小说中很是常见。但如这《吴小员外》一样,男人需要这样的伴侣,却又时常警惕着。刨除《吴小员外》故事里的鬼怪元素,在现实生活里,大概就是一个痴心姑娘被渣男始乱终弃。

被妖狐、女鬼等缠上了,容易解决,所谓"道高一丈,魔高一尺"是也。再厉害的鬼怪,也会有办法拒而远之。鬼桃花受到书生的欢迎,此其一。

古代的避孕技术,成功率并不高。但凡一心一意追求欢愉的,都是极其憎恨怀孕的。让姑娘珠胎暗结,说

明需要背负责任。负什么责任呢?一是现世的义务,二是道德的责任。在《子不语》里,袁枚讲过这样一个小故事:

山东林秀才,四十多岁了也没有中举。一天有改行的想法,突然听见耳边有人叫道:"不要灰心。"

林秀才说:"什么人?"

那人说:"我是鬼,一直守护着先生。"

林秀才想见这鬼,鬼不愿意,要求再三。鬼说,要是见了我,不能怕才行。林秀才答应了,这才见到一个满脸是血的鬼,跪在他面前。

鬼说:"我是盐城市的布商,为掖县张某所害,尸体被压到东城门的石磨下,以后先生会成为掖县县令,希望能帮我申冤。"鬼又说某年某月去参加乡试,会中进士等等。果然,到了那年,林秀才举了孝廉,就是没有中进士。

林秀才就唉声叹气:"世间功名之时,鬼也有不知的啊。"

话还没有说完,那鬼的声音就出现了:"是先生你德行有亏,不是我错报。你在某年某年和某寡妇私通,导致她怀了孕。虽然无人知觉,但阴司却'记其恶而宽其罪，罚迟二科'。"寡妇怀孕，无人知晓，自然是被堕胎了。

刘秀才悚然，自此谨身修善。日后，果如鬼言，授官掖县。

鬼狐不一样，人鬼殊途，再怎么狂欢，亦不必担心这现世的困境。

鬼友

寂寞与声音有关。

夜深人静,四野无声,偶有虫鸣,寂寞也;众生喧哗,喜形于色,哀藏心底,寂寞也。书生比常人容易寂寞,原因无非有二:没有机会发声,或心声无人懂。

声音传达信息,沟通日常生活。"没有机会发声",倒不是说不准说话,而是说话没有权威。平日里在酒楼上喝酒吹牛,臧否人物,月旦春秋,爽得眉飞色舞,但这话却是"无效"的。因为死人不会反驳,吹牛也不会被人所铭记。

真正的发声需要平台,一个能以假乱真、以真乱假的平台。不管多么荒唐的话,都会有人去践行,这才是发声。皇帝一纸圣旨，将军一个命令，县官一句玩笑，皆能让上下左右折腾不已，方是真正发声。自己说爽了，还能禁止别人说，就更是发声了。书生几十年的苦读，为的是什么？就是为了发声嘛。

人以群分，不管个人品格如何，能玩到一起的都是朋友。大家价值观相近，我说的话你能懂，你一个眼神我也能猜出心思，沟通起来才舒服愉快。不然，鸡同鸭讲，怎么可能成为朋友呢？

古代读书人少，书生要找个朋友不容易。想要跟周边的大老粗们谈点诗书，难免不会出现鲁智深的"鳝哉团鱼肥甜好吃"的笑话来。所以，《儒林外史》中，书生相见，分外热情，恨不得掏出心窝来。

鬼友便是这种寂寞的产物。乡村里的读书人，熟读诗书——这些都不能跟老农张口的——无人可一起讨论，寂寞到心里发苦，只好幻想着鬼书生同自己坐而论道。

宋朝时，南京有位书生，名唤常夷，博览经典，素有文采。可这人，性格耿介清高，"以世业为高"，家近清溪。

他曾在白天里，一人独坐，心底寂寞。正怅然中，忽见有穿着黄衫的童子，拿着帖子来到门前，说："朱秀才相请。"这朱秀才是谁?连常夷自己都不知道,他打开帖子一看,只见上面写着:"吴郡秀才朱均白常高士"。

"白",就是剖白,告诉的意思。但这话奇怪得很,不像是生人的话。这帖子大概的意思就是我家住在西岗,有幸和你成为邻居,一直想和你见一面。帖子末尾还附上诗一首:

平生游城郭,殂殁委荒榛。自我辞人世,不知秋与春。牛羊久来牧,松柏几成新。分绝车马好,甘随狐兔群。何知清风至,君子幸为邻。烈烈盛名德,依依仁良宾。千年何旦暮,一至动人神。乔木如在望,通衢良易尊。高门傥无隔,何与析龙津。

这首诗的意思很简单,就是说朱秀才已经死了很久,平日里没有什么朋友,寂寞得很。好在如今和先生成为邻居,如果先生不嫌弃,可碰碰面,谈经论道。

童子送来的帖里,用的纸墨都旧得很。常夷一看这诗歌,深有同感,如遇知音,怅叹良久。于是,便答书一封。内容情真意切,定好时间日期,邀请相见。童子领着回书,便要离开。

常夷要求跟着童子一起"视之"。童子往屋子西面走了大约一里路，便进入一座古坟中。朱秀才是鬼，已无疑问。

到了约定的日期，常夷备好酒水果盘，等朱秀才来访。果然，不一会儿就听到敲门声，有童子喊道："朱秀才来访。"常夷一听，赶紧整理衣冠，开门迎接。眼前的秀才戴着角巾，年龄不大，三十岁左右。他的相貌精致，但气色却是很是愁苦。

朱秀才见到常夷，说："我是梁朝时期的本地秀才，当时天下大乱，'遂无宦情'。居住在这里，以明心志。到了陈朝永定末年，就死在这里了。我长久住在这里，无朋无友，心中苦闷得很。好在你这次相请，要是先生不嫌弃，你我畅谈。如果心中的忧郁得以舒缓，'何乐如之'。"

常夷说："是我自己愚笨，没有想到先生之灵近在咫尺。我这儿已经很久没朋友来了，幸好先生眷顾，心中实在是高兴。"

于是，两人就坐，吃果子喝美酒。常夷问他梁朝陈朝年间的事情，朱秀才回答起来，历历分明。

朱秀才本人是名门之后，家族中曾有人跟随梁武帝，知晓许多皇宫中的秘事。梁武帝曾瞎了一只眼睛，昭明太子下葬之时，曾有黑天鹅徘徊在陵墓上悲鸣，久久不肯离去等诸如此类史书不曾记载的逸事。

他们数次往来，谈诗论史，便渐渐成为知音。朱秀才是鬼，有灵异之力，常夷家中有吉凶，都会预报。后来，常夷病重，朱秀才前来跟他说："司命要你去当史官，我也想去做。这个职位很重要，选中合适的人特别难。在阴间也会贵盛无比。人注定会死，若是拒绝的话，可多活几年，哪里会有阴间快活。你千万不要拒绝。"

常夷欣然答应，于是病也不去医。果然，过了几天，常夷就死了。

常夷为一个鬼友，甘愿放弃自己的生命，大概是过于孤独寂寞了。

这则小故事，名叫《常夷鬼友》。作者的主要目的，其实是借朱秀才之口，把一些梁、陈之间的逸事串联起来，人与鬼之间的友情，倒是着力不多。

鬼友替死之后，如淹死鬼、吊死鬼往往会找人替死，这样自己才会脱离苦海，进入轮回。朱秀才是否像吊死鬼那般，步步为营，讹骗常夷呢？

不好说。

何不饮姜汤

苏州徐世球，幼时在城里读书，住在韩其武家。

韩其武有个仆人，叫做阿龙，年二十岁，手脚麻利，做事勤快。有一天，徐世球在楼上读书，口渴，便叫阿龙下楼去取茶。过了一会儿，阿龙大惊失色，跑上楼来，说："刚才我见到一个白衣人，在楼下狂奔，叫他也不应，是鬼吗？"

徐世球笑而不信。

第二天，阿龙便害怕不敢上楼，徐世球只好让一名柳姓小伙子来代替。徐世球读书甚是勤奋，二更之时，茶水已毕。小伙子就下楼去取茶，刚走到楼下，被什么东西一绊，摔倒在地。他爬起，看那东西，不由惊慌失措，原来阿龙死在楼梯下。

小伙子大喊大叫。徐世球、韩其武及宾客们从房中出来察看,只见阿龙的脖子里有掐痕,青黑色,如柳叶一般大小。耳目口鼻里,尽是塞满了黄泥,"尸"身横倒。徐世球伸手一探鼻底,有微微气息徐徐而出。韩其武赶忙叫人煮姜汤,给阿龙"饮以姜汁",不一会儿,阿龙就慢慢苏醒过来了。

大家问阿龙所遇何事?阿龙说:"我下楼之时,看到昨天的白衣人站在前面。他的年纪大概四十岁,短胡子,黑面庞。急然,他向我张嘴,'伸其舌长迟许'。我心里惧怕,想喊人,可没等我叫出声来,就被他袭击。他用手掐住我的喉咙。旁边有个老人,'白须高冠',劝他说:'他年纪这么小,就不要欺侮他了。'当时我几乎要气绝,幸好当时柳某撞了一下我的脚,白衣者才仓皇出屋而去。"

徐世球叫众人把阿龙扶到床上,好好休息。可阿龙这人,运气不好,鬼怪缠身。他床上四周有鬼火数十,模样像是极大的萤火,彻夜不绝。到了第二天,阿龙便痴迷不醒,水米不进。

阿龙被鬼怪所迷,韩其武只好去找女巫来驱鬼。女巫见了阿龙的面色,心中有底,说:"县官的朱砂笔可以驱鬼。在阿龙的心口上写个'正'字，脖子上写'火'，两手亦书'火'，他便可得救。"

韩其武一一照做，阿龙忽然张目大喊，叫道："不要烧我，我就离去。"从此以后，鬼怪遂绝。阿龙亦性命无忧。

这则故事出自袁枚笔下，但白衣鬼到底是何鬼怪，文中并未明说。鼻腔中塞满黄泥，生前大概是枉死在路途中。或路遇暴雨，遭到泥石流，或遇到劫匪，尸身弃置于野。总而言之，这个身份不明的鬼，找阿龙是为了替死，好让自己能投胎转世。

县官的朱砂笔，乃是权力的象征。做官需要正气，身份尊贵，鬼怪也避趋之。胸口、脖颈、手掌等用朱砂笔写字，犹如敲章盖印，权威所至。附身阿龙身上的白衣鬼，自然是要逃避。

鬼找生人替死，是想找一劳永逸的转生办法。相比于积德行善，找替死鬼可是要快得多。相对于人来说，鬼也有力量上的优势。人性的深邃与幽暗，往往使鬼怪有可乘之机。

人也如鬼一样，喜欢"一劳永逸"——最好是用简单的办法，保一辈子无忧。阿龙昏厥之后，众人"饮以"的

"姜汤",便是个一劳永逸的药方。熟读古典鬼故事的,便会发觉,"饮以姜汤",是个固定模式。可见,在古人的生活里,人们对姜汤有着极大的依赖和信任。

姜是中国原产的作物,其药用价值的发现,时间肯定是晚不了的。神农尝百草,姜肯定是其中之一。姜汤用在阿龙身上,算是"小材大用",还有人用来"吊魂"呢。

姜汤是什么时候成为如板蓝根一样,包治百病的呢?不清楚,至少在宋朝的笔记小说,便有"饮以姜汤"的写法。纪晓岚、袁枚、蒲松龄,甚至是更晚的作家中,都有此记录。到了现在,姜汤仍是日常生活里的一剂良药——历史,就是这样慢慢延续着。

与如今盛行的"鸡汤"相比,"姜汤"功效更为实用。所以,人生跌宕,生活困顿,何不饮姜汤?

佳人爱我乎

　　南宋时期，生活在京师的石氏经营着一家茶肆。平日里生意不错，石氏便叫年龄尚小的女儿出来帮忙端茶倒水。

　　有一日，有个疯疯癫癫的乞丐——蓬头垢面，穿得衣服也是破破烂烂的——径自走到茶肆里，索要茶水喝。

　　女孩见了，心里敬畏，便恭敬地端出茶给乞丐喝，也不收他钱。这样的情况，持续了一个多月。女孩每天都泡了好茶，等着乞丐来喝。恰逢一日，被父亲石氏撞见，震怒非常，不但驱逐了乞丐，还鞭打了女孩。可即使是这样，女孩并不介意，对乞丐反而更好了。

　　过了好几天，乞丐又来了。跟往常一样，他从女孩手里接过茶，但这次并没有喝完，还剩下一些。这时，乞丐对女孩说："你能喝完这剩茶吗？"

女孩看着这乞丐，看着手中的茶，颇觉得不干净，倒掉了一些茶。不一会儿，便觉得异香四溢，急忙喝掉剩下的茶。一喝，便觉得神清体健，美妙不可言说。

乞丐说："我是吕洞宾，既然你没有缘分喝完我的茶，但也可以随你的愿，你以后是想要大富大贵还是要长命百岁呢？"

女孩当时年纪尚小，不知道富贵为何物，只求长寿和生活里"财物不乏"。吕洞宾听了之后，就离开了。于是，女孩把这一情况告诉了父母。夫妻俩这才慌了忙，赶紧去找吕洞宾。可人早就不见了。

果然，女孩长大之后，嫁了个好人家，丈夫是名营运指挥使。之后，她还成为皇孙的奶妈，"受邑号"，活到了一百二十岁。

这则小故事叫做《石氏女》，出自洪迈的《夷坚志》卷一。神仙化为乞丐，或以放浪形骸的形象出现在民间，是常见的情形。个人的形象越是不可思议，越与正常人不同，便越有可能是身怀绝技，或身份特殊——仿佛是一个人越污浊，其神通就越广大。

中国人对"污浊"的情感，矛盾而多变，非常复杂。比如说，肮脏的乞丐固然遭人唾弃，但人们又不免对其"神话之"，认为可能是神仙在考验他们。其实，产生这种心理很好理解。

农业社会里，人依靠土地而活着，人的流动并不大，一辈子的日常所见，皆是熟悉的人，其脾性、其势力，谁能得罪得起，谁是不能惹的，一目了然。但乞丐却不一样，远方而来，带有神秘的色彩。乞丐也少与人沟通，大家更加摸不着他的底了，于是便时常小心翼翼地警惕着，生怕得罪了，会遭到报复。

污浊，或者说是"肮脏"，是与"干净"相对，看似两种针锋相对的价值观，其实内在的逻辑是一致的。在某种特定的情况之下，甚至是对等的。两晋南北朝时期，政治昏暗，许多士族文人并不愿意参与到这混乱的政治里来。但偏偏朝廷又求才若渴，派遣使者来招读书人。读书人不愿意合作，或蓬头垢面，或露出隐私，故意来羞辱这些官员，表示不愿意同流合污。这种行为艺术，是对权力的一种反抗。

中国人有着深重的"污浊"情结，也是源于此。人们在"污浊"中发现了力量，或者说，寄托了某种力量。然后，通过一次"侮辱"的行为来认证、鉴定，对方是否能承受得起这荣耀、这权力。

吕洞宾的剩茶，便是一种侮辱仪式。吕洞宾故意把自己放置在一种底层的位置，然后通过侮辱仪式，来实现逆袭，展现自己的权力。这是一种快乐，一种逆袭的狂欢。不过，凡是不切实际的狂欢，往往都是出自幻想。吕洞宾的侮辱方式，其实还是市民们实现正义的一种途径——他既然可以"侮辱"小女孩，当然也可与"侮辱"达官贵人。想象一下，一贯来作威作福的官人，忽然在一名乞丐面前痛哭流涕、战战兢兢，还有比这更大快人心的吗？

蒲松龄在《画皮》里，讲了一个匪夷所思的故事。倒不是说妖怪"画皮"，而是道士对王生妻子陈氏的种种考验。想要救王生，须要吞掉这乞丐的痰。陈氏勉强吞之，但胸口一直不舒服，到家之后，忽而吐出一颗扑通扑通直跳的心脏来——于是顺利救活了王生。

这乞丐到底有什么能耐，蒲松龄没有明写，也许是吕洞宾，也许就是一名普通的乞丐。吞下痰，而吐出心，其实是隐晦地说王生妻子有"异心"。乞丐通过侮辱陈氏，得到了欢愉。这欢愉，明朗地说，是陈氏献出了身体。不然，乞丐何以一直喊着："佳人爱我乎？"。

有句老话叫做:"吃多女人的口水会变笨"。什么时候才能吃女人的口水呢?自然是在欢愉之中,是在恋爱之中。所以,吕洞宾叫小女孩喝他的剩茶,亦是一种"佳人爱我乎"的隐晦表达。

石家女孩若是喝完吕洞宾的剩茶,估计会被带走——处境会是如何呢?不好猜。

落枕与飞头蛮

有段时间，我的脖子疼就得厉害。疼得一颗脑袋都往左边歪，走在路上，便成了一棵歪脖子树。最初是疑心落枕的缘故，但落枕的疼，不似这样，仿佛肌肉都断裂了似的。后来猜想，应该是躺在床上玩手机——脑袋靠在床头上，骨头就渐渐地歪了。

脖子疼了一周，也不见好转。但这也并非一无是处，至少让我浮想联翩——妖怪飞头蛮与落枕的关系。飞头蛮起源于妖怪，在《山海经》上有记录。后来传至日本，成为百鬼夜行里的一员。飞头蛮夜晚出行，往往在中夜里出现在街道上，以吓唬人为乐趣，但并不去伤害人，总的来说并不算是坏的妖怪。

成为飞头蛮,自己并不会知道的——夜晚,脑袋有了自己的意识,成为独立体。但它不能离开身体太远,或者太久,不然就会有生命的危险。这样的妖怪,我疑心和落枕有关。因为人落枕之后,第二天起来,脑袋简直就像是要掉下来,非常痛苦。这不得不让人怀疑,脑袋是否在夜里飞离了身体,出去吓唬人了。

要证明这点,其实不容易,好在我在《枕头小史》一书里,找到了间接的证据。至少在新时代时起,枕头已经出现了。出土的文物中,也已经有了石枕。这块石枕,是长形,方体,中间微凹,与现代的枕头相差无几。有枕头的出现,说明落枕的可能性。古时候,科学水平不高,人们容易把自己不理解的事物灵体化。飞头蛮是睡不好的痛苦,所以出现了飞头蛮。

其实,与枕头相关的妖怪还有很多,比如说枕中蛇。宋代洪迈在《夷坚志》中,便讲了一个枕中蛇的故事,说一地方官员夜晚睡觉,第二天起来便觉得脖子隐隐发痛,头昏脑涨,脖颈处"隐有红痕",叫夫人在阳光下一瞧,原来是两个牙印,仿佛是蛇咬之痕。官员去瞧大夫,也不明所以。直到有一晚,官员公事甚晚,睡觉之时已经是三更。他进卧室正准备睡觉,忽然听到床头窸窣有声,拿灯一瞧，正是枕头张着蛇口。官员吓得两股战战，到书房去休息。第二天一早便把枕头烧掉，自此，病状也就消失了。很久之后，有文友拜访他，官员方从朋友口中得知，这就是枕中蛇。

还有一种妖怪是食枕怪，见于《鬼董》一书，此书作者也是宋朝人，名字已失。食枕怪，顾名思义，就是以吃枕头为生，常常躲在屏风后面。他如小儿状，身手极其灵活，喜欢在夜里活动。江东文人谢君家里曾经出现过一只，因家里的枕头常常消失——晚上睡觉的时候明明还枕着，第二天却发现自己枕头消失得无影无踪，自己也得了落枕的毛病，痛不欲生。起初，谢君以为是爱妾与他开玩笑，或是妻子心中有妒，故把枕头藏起来，不让他在爱妾房里过夜。但后来发觉，事情并没有这么简单。直到一天夜里，他迷迷糊糊之中，忽见一绿身小儿，蹑手蹑脚前来抽去他头下的枕头。朦胧中，见那绿身小儿正在吃枕头，吃得"咔嚓有声"，起初以为是梦。第二天醒来，却赫然发现枕头不见了。谢君以为是怪事，与人讲，别人说他家里住了个"食枕怪"。

古代的枕头，向来是有乾坤的。如南柯一梦、黄粱一梦等故事，便已经揭示了枕头是现实与虚幻的枢纽。所以，枕头里有如此多怪异之事发生，也不足为怪。

旅店多鬼怪

人生如寄。

彷徨无根,飘飘荡荡,仿佛一件物品搬寄到另外一处,身不由己,没有归属感,是谓寄。家的恒定不在于地理位置,而在于人情与关系。一块地方生活久了,便形成了紧密的羁绊关系——面对外来的威胁时,可迅速抱团取暖,获得安全感。

旅店便不一样,它是旅途落脚打尖之地。长则半年,短则半天,形不成紧密的联系。住在旅店里的人,也都是来自五湖四海,每个人都提心吊胆,互相提防,想要抱团取暖,难。况且旅店本是危险之地,保不准就遇到了杀人放火的黑店或劫匪。

旅店里鱼龙混杂，有来自现实的危险，自然是少不了源于莽苍未知的威胁。所以，出现在旅店里的鬼怪，多。与一般"家居"的鬼怪相比，旅店里的鬼怪要凶狠不少，杀伤力要更大一些。蒲松龄在《聊斋志异》卷一中，写过一则《尸变》，讲得便是旅店遇鬼怪。

阳信有个老翁，是蔡店人，所住的村庄离城有五六里路。父子两人在村里开了个家庭旅馆，服务过往的商客。有一天黄昏，有四人前来，希望投宿。但老翁家的客房已满，四人无计可施，"坚请容纳"。

老翁略一沉思，家里还有一个房间，恐怕不符合客人的心意。客人说："只求一张草席，不敢有所选择。"当时，老翁的儿媳妇刚刚去世，停尸在室内。儿子又出去购买棺木没有回来，老翁以灵堂安静，便引领客人，穿过玄关，到了那边。

这灵堂，灯昏然于案上。案，便是一块木板，是灵床。木板上面挂着白色帐子，里面纸被盖着一具尸体。四人又看了四周，好在里间有床。四人整天奔波，实在是累，倒头大睡。一会儿，就打起了呼噜。

只有一名客人还未完全入睡，处于朦胧中——忽然，听见了灵床上"嚓嚓有声"。他急忙张开眼睛，一瞧，灵床前的灯火,明亮了然。那女尸如同生人一般,掀开纸被,起床落地。刚过一会儿,她就进入卧室。女尸脸色金黄,额头上扎着头巾。她俯下身子,靠近床前,往睡着的商客那边多次吹气。客人心中大惧,害怕被女尸"吹气",便将被子盖住了脑袋,闭住鼻息,不敢出声,"听之"。

过了一会儿,女尸果然过来,"吹之如诸客",然后就出房去。一会儿,客人就听到了纸被的声响。他伸出脑袋来,小心翼翼地窥视,那女尸僵卧如初。他甚是害怕,不敢作声,偷偷用脚去踢他人,则一动也不动了。他顾念无计,不如穿衣逃跑,可刚起床穿衣,那嚓嚓声又起来了。客人甚是害怕,又躲进被窝里。他感觉女尸又过来,连续吹气多次,方才离开。过了一会儿,又听见灵床有声,知道女尸回到灵床那边了,就偷偷在被子里面穿好裤子,急忙跳起,光脚逃奔出去。

这客人遇到的怪,是尸变,大概是僵尸一类的东西。鬼怪汲取日月精华,吸收阳气是可以理解的。但这女尸,却是吹气,不知是何故。人死气已绝,她所吹之气,从何而来,也是谜题一个。这气,很是厉害,凡是被吹之人,皆气绝身亡。

女尸生前是老翁的儿媳妇,不知为何而死,尸变的原因也难以找到。按照中国尸变的理论，是女人生前受了气，心中有怨，死不瞑目；或阴气太重，风水不佳。《尸变》中的儿媳妇死得蹊跷——棺椁都没来得及准备呢，可见是暴毙的。为何而暴毙？不清楚。

蒲松龄旅店里的鬼怪，来由是清楚的。还有一些鬼怪，难以追溯它的过往。它突然而至，又突然消失，留下一个旅店鬼怪的传说。洪迈有一则短小的《驿舍怪》，可看作是《尸变》的原型小说。

侯元功和三位同乡去赴元丰八年的省试，宿于路边驿舍的室中。室内四角都有床，四人赶路，甚是疲惫，分别睡在上面，很快就睡死过去。夜晚，只有两位仆人靠着火堆坐着。忽然，听到西北角窸窣有声，房间里灯一下子就暗了。有一个四足怪物，全身是毛，如猪，径直登上床，把人从头嗅到脚，"其人惊魇"。惊魇，便是如鬼压床一般，发出呻吟与声响。

过了一会儿，人便渐渐地沉淀下去。那怪物才下来，爬到另一张床去，行动如前，被嗅之人也惊呼。最后到侯元功身上，还没来得及嗅，却像是有人在驱逐，怪物仓皇逃窜，至西北角而消失。

侯元功惊醒过来，喊三人起来。三人都说梦中有怪兽压住了他们的身体，不知道是什么。这时候，仆人才说起他们的所见。侯元功一听，心里窃喜自负。三人到了京师考试，侯元功高中，其他三人则落榜，都死在京师。

驿舍怪，大概是獏。獏食梦而生，带给人厄运。读书人若是有文运或官运，有神灵保佑，侯元功心里窃喜，是知道自己有神灵保佑。只是两名仆人眼睁睁地看着驿舍怪物嗅人，不大声呼救，也是怪事一桩。

古人们对旅店天然存在着不信任感——即使是在今天，旅店里的安全事故也时有发生——商人身上又怀揣着银两，惧怕生人谋害，是人之常情。有许多建在荒野之中的旅店，便是以杀人劫财为生，这就是母夜叉孙二娘做得勾当。

太平之时，鬼怪偶尔见之。乱世之中，劫匪却时常出现，死亡常笼罩在身边。乱世人，太平鬼，谁更危险？

酒鬼的故事

　　有朋友嗜酒，无醉不欢，下了班后，喜欢到酒吧里小酌几杯。

　　醉酒有两种状态，一个是"断片"了，什么都不记得。我试过一次，下午还和人喝着酒，醒来就半夜里了，也不知道自己怎么就到了床上；另外一种，就是觉得自己脑袋清晰，其实已经不受控制，胡乱说话——身体里的抑郁总得宣泄吧。宣泄完了，爽。却不料，留下了一地鸡毛，让人哭笑不得。

　　朋友就是后一种。

　　酒的起源，在中国有两种说法。一个是神农，一个是杜康。中国人凡是出现个伟人，几乎什么好事都会安到他身上，也不管人家乐不乐意。所以，神农很是神通广大。反之亦然，坏人总是让人觉得特别坏，其实有许多事情，并不是他做的，只是图方便，安在他身上。

历史，就这样变了味。

杜康是酒神。曹操那句"何以解忧，唯有杜康"，为他正了名。酒神杜康，有着正统的中国人性格，不似罗马的酒神，那么张扬，那么激烈，那么沉溺于肉欲。但酒神一正经，会让人觉得无聊。

真正创造酒的，应该是大自然。秋天的果子熟透了，掉落于地上，久而久之便发酵，散发出奇异的香味。远处的动物，鹿、熊之类的，闻到了便会去喝。猎人们跟在后面，见到了鹿喝醉之后，自己也去尝试。一尝，手舞足蹈，心里开心。这发酵的甘泉就被留意下来——酒就诞生了。

不谈酒的起源，说酒鬼。喝酒喝出事故来的，笔记小说中，有很多。有的是因为喝得醉乎乎的，不小心落进河里，成了淹死鬼。淹死鬼要找人替身，便时时地坐在河边，守着过路人，希望能有好运气。

有个叫王六的酒鬼，就是这样。一日见有人自河边过，想寻他做替死鬼。正准备下手了，闻到酒香——原来，那人带了个酒壶。忍不住，跟人要了两杯酒。喝高兴了，就不忍心下手，还跟这人成了好友，经常一起喝酒。

终于有一日，王六心中怅然，原来再不拉人垫背，就不能轮回。跟友人说，见到一个寡妇，想要去动手。友人告诉他，使不得，寡妇有个孩子，拉她做垫死鬼，良心不安。王六黯然，几经挣扎，最终还是放过了那寡妇。

阎王听闻，感知他善良，便给他封了一地方的城隍——做个主政一方的小官——临走前，与友人告别，潸然泪下。

这则很感人的小故事，出自蒲松龄的名篇《王六郎》。

最早的酒鬼应该出现在干宝的《续搜神记》上。这只酒鬼的好玩之处，就是不知道自己已经死了。干宝笔下的鬼，不怎么会害人，有着天真浪漫的气息。这个酒鬼，生前姓刘，整日里逡巡在路上，跟人讨酒喝。一日，遇见了故友，便大喜过望，邀他去酒楼喝酒。

友人震惊地说，你不是死了好久了吗，怎么会在这里？

酒鬼才猛然醒悟，想起自己喝醉了酒，死在途中的真相。

他就慢慢化为一缕青烟，消失了。

喝酒误事，历史上的事例，实在是太多。朝廷纲常崩溃，也往往会归咎于酒色。佛的不饮酒戒里，再分出因饮酒而导致的三十六种罪愆。什么家业尽毁，什么命堕地狱，不一而足，可怕得很。

但也有例外，蒲松龄就讲过一个关于酒虫的故事，说是长山刘先生，生平嗜酒，每顿都要喝它一大瓮。可就这样豪饮，他的家还是越来越富，生活安康，家业不为喝酒所累。直到一天，遇见了一个番僧。僧人跟他说，你身体有病，肚子里有酒虫，把他钓出来就好啦。

钓酒虫，得用酒馋它。先把刘先生困住，然后放一瓮好好酒在他面前，使劲馋它。直到受不了，那酒虫就出来了。果然，依照番僧的方法，酒虫从刘先生的喉咙里爬了出来。这虫，长着肉红色的身子，有眼睛有鼻子，像鱼。

这，就是酒精。把它放进水中，"即成佳酿"。

按理来说，不喝酒了，生活会变得更好。但刘先生却"反其道而行之"，家里越来越穷，最后竟然饮食都不能自给，怎一个惨字了得。

至于为什么会这样？蒲松龄也没有好好解释，就简单地说，酒虫是福，刘先生被恶僧骗了。

蒲松龄写个小说，为喝酒辩护一下，再骂几句坏和尚，一举两得。

唐朝末年保姆案

郓州司法关某,雇用了一位仆人,姓钮。

平日里关某给她提供衣食,以充驱使。待到仆人年长,便称之为钮婆。钮婆有个五六岁的孙子,名叫万儿,与她一并来到关某之家。关某之妻也生了个小男孩,名叫封六,年纪与万儿相仿。两个小孩,常常一起玩耍,感情甚好。所以,每逢封六缝制新衣裳,必会把旧衣服给万儿。

自然,这是皆大欢喜的好事。不料,有一日钮婆忽然发怒,说:"都是小孩儿,何分贵贱?封六穿新衣,而我的孙子就要穿他的旧衣服?"钮婆心中忿忿,甚是不平。

关某之妻听了,便说:"这是我的儿子。你孙子是仆隶之属,我看他和我孩子年纪差不多,才给他衣服。你们怎么能不知身份、不懂这道理呢？"此后，旧衣不再给钮婆之孙。

钮婆笑道："两个孩儿有何不同？"

关妻说："仆隶哪能与良家子弟相提并论？"

钮婆说："两孩子不同之处，请你分辨分辨。"说完，便把封六、万儿拉过来，安放在裙内。裙子覆盖及地，两小孩被遮得严严实实的。关妻心内大惊，一把冲过去，想要把孩子夺回来。不料，掀开裙子，却瞧见两个万儿，衣服、相貌皆是一样，根本就分辨不出来。

钮婆说："两小孩这就一样了。"

关妻心内大惧，赶紧和关司法一起诚诚恳恳地说："没有想到有神仙在此。"从此之后，关司法一家对钮婆敬重有加，不敢用以前的礼数相待。过了许久，钮婆又把两个小孩按在裙底之下，很快，就各自恢复原样。于是，关司法就整理出一个房间，安置钮婆。两人对钮婆也是"厚待之"，不再使唤她干活。

家里养个不干活的闲人，而且和自己无亲无故，换谁谁也受不了。过了一年有余，关司法心中就不痛快了，对此也非常厌怠。钮婆神通广大，也不好意思开口赶她走。于是，就想暗地里杀害她。

拿定主意之后，关司法就叫妻子偷偷把钮婆灌醉，他自己潜伏在窗下，找准机会，就用锄头击打之。一锄头下去，正中脑门，钮婆应声而倒。夫妻两人一看，躺在地下的是数尺之长栗树木头。两人心中大喜，以为得逞，赶紧叫人拿出斧头，把木头劈断，放火烧了。

等到木头烧完，钮婆突然从房间里走出来，说："先生为何要跟我开这么大的玩笑呢？"钮婆言笑，一如往昔，对关某夫妻谋杀自己的事情，并不介意。此事，整个郓州城的人都知道。

关司法实在是没有办法了，便想将此事告诉长官。他刚走进长官家中，忽然看见一位跟他长得一模一样的关司法，跟长官在谈论。没有办法，他只得先回家。回到家中，屋内已有一位关司法先回到家。妻子无法分辨，只得流泪涕泣，再三跪拜，恳请钮婆。良久，两位关司法渐渐相近，合成一人。从此之后，关家对钮婆不敢再有加害的想法。

数十年之后，钮婆还生活在关家，"亦无患也"。

这则故事出自唐人张荐的《灵怪集》，题曰《关司法》。无患，乃是说关司法一家与钮婆相安无事。无疑，关司法一家吃了个哑巴亏，好心好意送钮婆之孙旧衣，却

81

遭遇这样的待遇。好在生活在唐朝末年的保姆,只是教训教训一下关司法,并无加害之意。这一切,则源于关某之妻对两个孩子的不平等的待遇。事实上,关妻的做法并无可指摘之处,钮婆何以忿忿不平,其心理大有玩味之处。

古典笔记之中,如钮婆这等身怀绝技的底层之人,多如牛毛。如乞丐、如道士、如和尚,他们行走江湖,或以武力张正义,或以绝技来扬威。钮婆是后者,但她究竟是身怀何种法术,师承何人,就不得而知。这群人属于秩序之外,生活在灰色的边缘地带,有着令人难以理解的力量。他们的故事很是传奇,文人墨客很是迷恋。

钮婆的行为逻辑,显然是有悖于现代理念的。但在张荐的笔下,钮婆可是值得书写或可同情的。这个行为,我一直不是很理解。

前些日子,重读《聊斋》,首篇《考城隍》中有一句"有心为善,虽善不赏;无心为恶,虽恶不罚",忽让我豁然开朗。可不是么,为善为恶,且看动机。动机不纯,虽善亦恶;动机纯正,虽恶亦善。善恶之分,就此模糊了界限。要命得很。

《聊斋》中亦有一篇《种梨》,故事内核与《关司法》相似,可一起读。

雷劈的故事

"雷劈"这个说法,近年来常听,但意思已被消解,仅剩恶搞。儿时所听的"雷劈",很是严肃。人做了坏事了,便会被天上雷公劈死。雷公长什么样的?不知道。

雷劈是天谴。对于中国人来说,天谴很重要,是轮回论惩罚系统里的一部分。人生于世,会追问自己的过去和未来。"不知根底"和"不知所踪",都是令人可怕的。轮回很好地回答了这两个迫切的问题,让凡人在生前、死后都能有个盼头。

生活,不就是要有个盼头么?

惩罚是维护秩序的手段,让人明了自己行为的边界。轮回里的惩罚系统,为的便是维护前世今生的秩序。现世里做了坏事，得不到相应的惩罚，那好，下辈子就做牛做马。要是今生坏事做绝，下辈子锦衣玉食，还有天理么？生活本身就苦，还堵住了上升的渠道，人生没有盼头，丧失了希望，还遵纪守法干嘛？

天谴，是上天在执法，以弥补现世里正义的缺位。最初的天谴，属于天子，一般人无法享受。天降异相以惊醒天子。佛家的轮回观念被引进之后，天谴的手段逐渐丰富，成为精细严密的惩罚系统。大千世界，芸芸众生，皆被这系统所统辖。

再说雷劈。雷是上天力量的具象表现。风雨大作，雷电交加，让人胆战心惊。古人不知雷电的形成，就认为云端里有雷公雷母在放电。现世里有人做坏事，上天记录在案，时间到了，就放电。

不孝敬父母，是大罪，容易遭到雷劈。话说，鄱阳孝诚乡里有个王十三，早年间，他的父母购置了两具香木棺材，备自己入殓所用。可这王十三，看香木质量好，能卖出个好价钱，便把香木换成了信州的杉木。

换个杉木也没有问题，棺材还在。但王十三不是个安分的人，很快又把杉木给卖掉了，换成了次一等的株板。等到母亲死之时，王十三一看，又舍不得株板，想留着自己用。于是,又换成更次的松木棺材。

到了下葬那天,天上忽然起了一道雷电,击中了王十三的头颅。王十三的尸体,横躺在母亲的棺椁边。有人就奔走,告诉他的儿子。他儿子匆匆忙忙地赶过去,抱住尸体直哭,仿若孝子。

那时,正值日中,天上阵阵雷响。突然,王十三复又跳起,拉着儿子走往他处。那地,大概有五六里远。等到回来之时,王十三又直挺挺地倒下,死了。

王十三之子,把两人下葬,可又被雷给震出。最后,只好用斧子在棺材里凿了个洞,用竹子覆盖,这是才得以安宁。

死是大事。生命的终结,但并不代表着生活的结束。在阳间,死人通过人们的记忆活着。在阴间,他们以另外一种身份活着。若是人生前品行有亏,便要在地府里接受惩罚。

王十三对父母,是品行有亏。孔子说"孝","无违"是其一,忤逆父母的心意,便是十分不孝。生前要事之以礼,死后要葬之以礼。礼,是风俗习惯,是仪式。王十三一而再再而三地卖棺材,不孝至极。可他儿子也差点被雷劈死,说明不孝是家风。

孝成为考察个人品行的一个标准。

天雷滚滚，有没有失准的时候呢？有，但很少。想要躲过天谴，多念佛经多做善事，或可拯救。轮回是佛教的概念，佛经有此神通，不足为奇。

杭州有恶少年歃血为盟，背后刺小青龙，唤作青龙帮，在乡里村中横行无忌。在雍正年间，官府捉拿，青龙帮瓦解，成员死了十有八九。就是首恶帮主董超，竟然逃脱了。在某年冬天，董超梦见死去的同党托梦："你是帮主，虽然侥幸逃脱，但明年就会被天诛。"

董超害怕，求脱解之计。众人就说："只有拜保俶塔草庵僧为师，力持戒行，也许能幸免。"

董超到了塔里，果然有僧人，长跪泣涕。僧人看他有悔过之心，便收他为徒。董超自冬及春，修持颇为勤奋。到了四月里的一天，董超从街上化斋而归，在土地庙里小憩，蒙眬睡去。刚闭上眼睛，就听见同党前来催促："快走，快走，今天雷就要来。"

董超惊醒过来，赶紧回去，把情况跟老僧一说。老僧便叫他跪下，念经诵佛。一会儿，天雷大作，霹雳连下，但不是落在棚中，便是打在树上。雷击七八下，不中。少顷，风雨停止，云开月明。老僧就以为劫难已过，拉起董超说："以后没事了。"

董超惊魂稍定，谢过老僧，出了棚外。忽然，电光闪过，霹雳一声，董超已被击毙在石碓上。

天理循环，报应不爽，说得便是石超这种情况。董超拜师念佛，并不是真心皈依，只为避难，老天爷自然是心通脱眼明亮——这是绝对的正义。但袁枚却在另一则《雷公被给》里，却说了另外一种情况：

明末有匪帮，横行乡里，为非作歹。赵某告官，遂散其党。势力一下就没有了，土匪们无所得，心里机缘，偏偏赵某又勇武，报仇不得，只好等到阴天雷起，聚集妻子，摆出猪腿祷告："雷公啊，你为什么不劈死赵某呢！"

土匪祷告起了作用。一日，赵某在花园里散布，忽然半空中跳下一个尖嘴毛脸人来。这就是雷公。

雷公差点杀死了赵某。

所以，上天有时候，也不是很靠谱。

渣男命不长

宋仁宗庆历元年,京都有位娼伶,名叫李云娘。

李云娘家住在随河大堤曲,"粗有金帛"——有点儿积蓄——与解普有旧情。当初,解普并未高中,旅居京城,长达一年。他身无分文,常常向李云娘借钱用。

解普骗李云娘说:"我当官后就把你娶回家。"

听到这话,李云娘就倾尽所有,支持解普。解普这人,不老实,心中暗想:家中尚有妻子,和李云娘并非是长久之计。怎么才能摆脱李云娘的纠缠呢?解普心生一计,把李云娘和她的妈妈叫到街上去喝酒。

解普极力劝两人喝酒。夜晚,沿着汴水河边回家。李云娘酩酊大醉,解普趁机把她推落在河。为了不引起别人的怀疑,他还佯装惊叫,号泣不已。李云娘不省人事,就此被水淹死了。

女儿离开了人世,做母亲的怎么会善罢甘休?但解普作为一名读书人,自然会想得周全。他以好言美语稳住了李母。恰巧这个时候,解普接到家书,里面附有五十缗钱。为了安抚李母,他送了十缗钱给她。

过了不久,解普授官秀州青龙尉。这青龙尉,官职多大呢?是地方官的军事助手,可以携家带口。一天,解普与家人在家中闲坐,忽然有人揭开帘子走进来。解普一看,这人是李云娘。

李云娘说:"我倾尽所有帮助你,你不以为恩,竟设计来害我性命。你这个人,心狠手辣,可想而知。我已经向阎王告状了。"

解普大骂:"你是何方妖孽,竟敢在此叽叽歪歪。"说完,抽出长剑,去击打李云娘。剑锋未到,云娘忽而消失不见了。但有冷风袭面,风力甚急,一时举家大惊。

过了几天,有民来报官,说是有劫道。解普便乘着船去缉拿,刚刚走了半天,解普忽然朝着水面狂吐口水,大骂:"你又来!"

忽然,有一只手从水中伸出来,把解普拉入水中。这情况，全船的人都瞧见了。公吏们赶紧去下水救人，但一无所获。直到第二天，才找到解普的尸体。他身上、脸上有多处伤痕，似与人搏斗过。

这则故事出自宋刘斧的《青琐高议》。赶考书生，囊中羞涩，求助于瓦舍勾栏之人，功成名就，便卸磨杀驴，成了经典的叙述模式。解普这样的人，常见得很——他们的下场，或在阳间遭遇现实的苦楚，或有鬼魂寻仇夺命。

这是一个符合人们期待的结局。坏事做绝，自然是要遭受惩罚的。类似的故事，被不断地书写，其实是隐含着令人不安的现实：**恶人并没有得到有效的惩罚，所以现实之外的惩罚尤为被人们所需要。在正义匮乏的社会里，人们会把更多的希望，寄托于莽莽的上天和渺渺的幽冥。**

什么是现实之外的惩罚呢？上天的力量、地府的威胁以及史官的笔墨。一个人做了坏事，被记录在册，极有可能就永世遭人唾弃，不得繁盛。所以，地府中专门有鬼差记录世间人的一举一动，死后根据善恶功德来决定轮回。

人们希望坏人没好报，但多数的时候，坏人往往会比好人活得滋润。因为相比于好人，坏人会无视道德的底线。蘸血馒头，说不定只是他们的开胃菜呢。这样的例子,在现实生活里,比比皆是。

古代女人地位低,常遭人欺负——即使是在今天,对于德行有亏的女人,人们几乎是不会客气的。背后的闲话少不了,当面的侮辱亦是常见。有些人喜欢往别人的伤口里撒盐,并由此获取日常生活里所需成就感和优越感。

李云娘是个小富婆。可以想象,她的色貌才艺,至少属于上乘。然而,有一点却是一直让她如鲠在喉,便是自己的身份地位。她是一名下九流的妓女。从解普后来当了军官助理的履历来看,李云娘极有可能是名营妓,属于乐户出身。

所谓乐户,就是专门从事音乐歌舞表演的人,是当时法律规定上的贱民。她们或是罪犯的妻女,或是乐户的后代。一旦成了乐户,想要脱籍,几乎不可能。也就是说,李云娘的后代,不管男女,都要从事乐户的工作,毫无上升的渠道。她迫切地需要改变自己的命运,所以才会在解普的身上孤注一掷。可惜,李云娘豪赌失败。

有人失败,自然有人会成功。缙云富人潘君,年少时,家贫。他曾到城里做生意,一日天黑,忽逢大雨。潘君没有带伞,匆匆忙忙躲进了一家的屋檐下。雨势甚大,根本就回不了家,就像乞丐一样,蜷缩在外。

这屋,是一名娼妓的房子。这名妓女晚上睡觉之时,梦见有只大黑龙绕在门的左旁。她早上起来一看,正看到潘君睡在屋檐下。联想到梦境,她心中感到奇怪,赶紧把潘君请进屋内,好酒好肉伺候着。

潘君可能是人中龙凤,她就想与之合寝。然而,潘君自顾自己家贫,无力消费,力辞再三,终究不可强求。然而,她怎么会放过这个脱籍翻身的机会呢?有一天,终于被她找到机会,灌醉潘君,就把他给办了。

自此之后,她倾尽家产去帮助潘君,也不问男人把钱用到哪里去。潘君就用这些钱去做生意,大获其利,积累钱财数百万。

发达之后的潘君,并没有忘记她,叫媒人礼聘,娶回了家。

她给潘君生了个孩子,这孩子长大后,当了大官。

人生如若大梦

初唐,有位京兆韦氏女。

韦氏十七岁时,母亲跟她说:"有位秀才叫裴爽,向我们家提亲,想要娶你为妻,你觉得如何?"

韦氏听了,笑道:"我的丈夫不是他。"

母亲听了,铭记在心。因此,即使媒婆天天登门,开口便是盛赞裴爽的人才,闭口则是裴家的殷勤,她始终没有点头。

过了一年,母亲对韦氏说:"有位公子名叫王悟,乃是前参京兆军事。你的舅舅张审约,在他府中当司录。今天,舅舅到我们家来,为王悟做媒,想要娶你为妻。"

韦氏说:"也不是他。"

母亲劝道:"我了解你舅舅,不会来说媒来诓我们的。"然而,不管怎么劝,韦氏还是没有点头。

时间一晃,两年过去,韦氏已年满二十。有进士张楚金来求亲,母亲告诉了韦氏。韦氏一听,笑道:"我的丈夫就是他了。"

母亲便答应了张楚金。于是,两家便挑选黄道节日,结为夫妇。然而,母亲心中还是有所疑惑,为何女儿这么笃定张楚金就是她的丈夫呢?于是,便缓缓向女儿说出了自己的疑惑。

韦氏听了,答道:"这是梦中征兆。我曾经做过一个梦,知晓了生平大大小小的事情,嫁给张楚金之事,也在其中,并非只单单预知了它。我十五岁的时候,梦到自己二十岁时,嫁给了楚金。后来,楚金拜官尚书,管辖广陵地区。七年后,因朝廷生变,楚金伏法被诛,满门皆斩,只剩下我和儿媳妇。两人被充入宫中,罚作奴婢。两人蔬食劳作十八年,终于遇到朝廷特赦,得以放还。

"日刚过午,我们便接到赦令,直到日暮时分,才走出宫门。两人走到河边,需要渡河,可夜色已经覆盖河滩,我们四顾茫然,不知走向哪里。只好跟儿媳妇拥抱在一起,哭着互相安慰:'这里不能久留,我们还是赶紧想

办法过河。'

"于是,两人涉水朝南边走,刚刚踏上岸,走了数百步,便见到破败的街巷。我们从西门进去,沿着墙走到北边,忽然看到街巷东面有座大房子。于是,就前去拜访。奇怪的是,房屋无人而门户大开,于是就进去。很快,我们就走到一扇破败小门处,也是大开着,我们亦走进去。穿过屏风后,我们看到了庭院里回廊四合,里面有家房间大门紧锁。阶前有四棵大樱桃树,花开得正茂,月色落下,庭院满满,看上去无人居,不知向谁借宿。于是,便和媳妇两人,相对而坐在台阶处。

"没过多久,忽然跑出一个老人,大骂、驱赶我们。我们只好把自己以前的遭遇,向老人诉说。老人听了,心底同情,便不再管我们,自己离开了。

"随后,就听到西廊有脚步声紧急而来。一位少年张嘴就骂,喊来老人驱赶我们。我们只得向他诉说,苦苦哀求收留我们一晚。少年听了,低垂着头快步离开。不久,他穿着白衣素履,扑通一声,跪倒在阶下,哭道:'我就是张尚书的侄子。'于是,大声恸哭,说:'无处获得消息。不知伯母和嫂子,是否还记得我?现在我们亲人团圆,这是上天的眷恋。屋子里所锁的东西,都是以前的旧物。'

"少年边恸哭,边打开屋门,里面一切,宛若旧时。后来,我们在旧房子里生活了九年,便离开了人世。"

韦氏母亲一听,心中十分奇怪。人世之中的荣华兴衰,往往是自有天意。这些道理,她早就听人说过。只不过,她仍不希望女儿的梦会如此精准。她把这些默默记在心中。

果然,接下来张家的命运真如韦氏所梦。张楚金授官,到神龙年间,被诛伏法。韦氏后来的经历,与梦中丝毫不差。

此则故事,出自《玄怪录》,唐牛僧孺撰。笔记小说中的梦中人生,多是照见现实的幻灭,如南柯一梦,如黄梁一梦,其指向都是《好了歌》。唯有这则《韦氏》,如此与众不同。韦氏明知命运走向何方,却果敢地迎上去。她有过抗争,或者躲避自己的命运吗?

人生不如意者,十有八九。到底是什么支撑着韦氏走完自己艰难而跌宕的人生呢?或者是阶前那棵樱桃树。原文录如下:

"阶前有四棵大樱桃树林,花发正茂,及月下满庭,似无人居,不知所告。"美是对苦难人生中最好的慰藉。哪怕,只有那么一小小会儿。

人生如歧路,人生如大梦。

猪头与侠客

此肉类里，猪肉乃是最贱的。

贱，是因为常见。不管在什么时代，常见的东西，都不会让人产生珍惜的感情。人就是这样，从不待见"常见"。人就是这样虚荣的生物，喜欢用"物"来证明自己的价值。

大侠不喜欢吃猪肉，也是这样的道理。猪肉实在太贱、太日常了，不符合侠客的江湖身份。试想，一名行侠仗义的大剑客，进了客栈，冲着小二喊一声，小二，来两斤猪肉。小二必定会发蒙，两斤猪肉不好办，不好做。是做搓肉丸子，还是做成臊子好呢？一来二往，关系就会变质，成了鲁智深习难镇关西了。

中国人喜欢吃,也喜欢琢磨吃。一头猪,从猪到下水,猪头到尾巴,里里外外,能吃的都吃了。老家有句旧话:"吃多猪毛长得壮"。意思当然不是叫人真的去吃猪毛,而是屠户杀猪祛毛时,难免会遗漏几丝在肉皮上。吃多猪肉,也就是餐餐有肉吃,这户人家境不错,孩子营养足,长得又高又壮。

常见的食材,整饬出各种花样,是日常生活里的魅力,也是继续生活下去的动力。大家庭里的妇女,白日里无事可做,折腾着饭食,也是一件成就感极高的事情。折腾好了,乡里乡外,名气就来了。名气一来,就能走上更大的舞台——喜事白事,这些会做饭的人,总是受欢迎的。

做一顿称心如意的肉菜,极耗时间。宋惠莲一根柴火,烧了一个好猪头。她这猪肉,是烧得"皮脱肉化,香喷喷五味俱全"。宋惠莲整饬这猪头,得花一两个小时。

侠客的时间宝贵,等上一两个小时,才能吃上一顿饭,追兵都杀到家门口来了。所以,侠客都喜欢吃牛肉。熟牛肉比熟猪肉好保存,切起来一热,或者直接当作冷菜来吃,也是可以的。在紧迫的时间里,牛肉是上佳选择。

侠客起源于刺客。刺客是什么?是落魄贵族的家客,是一群脱离了土地的人。落魄贵族,是有复仇使命的,但不能自己动手。自己动手,便不是贵族作风,得请亡命之徒。荆轲、高渐离就是这类人。

刺客是对强权的绝望反抗。因为绝望,所以格外动人。但正是格外动人,所以被后人寄托了不切实际的希望。

徐浩峰说,武侠是民间的口头惩罚游戏。身边有坏人,把自己欺负得不行了,实在受不了了,便幻想着武功高强的人来行侠仗义。在幻想中寻求正义和胜利,也许预示着社会正在失衡。因为幻想其实并没有消除内心的仇恨,往下一步,便是付诸行动了。

古典农业社会里,牛是极其重要的劳动力。吃牛肉,不常见。除非家里的牛出了意外——被水淹死,被雷劈死——农民们才有机会吃牛肉。吃牛肉,便意味着脱离农民的身份,再啖其肉,简直就是像旧社会示威。小二,来两斤牛肉。这是极具象征性的话语,平常人说不得,只有侠客才有资格。江湖是男人的梦想,武侠是成人的童话。意思大概是,进入了江湖,便不为日常所困扰。通俗地说,一个无所事事的男人,终于跨越了日常,梦想由吃猪肉升华到吃牛肉。

侠客吃猪肉，面子上过不去。吃了，落了下乘，威风凛凛的侠客，一啖猪肉，也变成了人的打手。况且，也吓唬人，也要"生啖其肉"，樊哙便是这样，吃了一大块生猪肉，项羽便对他心生向往。

大侠不待见猪肉，也是有缘由的。许多挂羊头卖狗肉的假侠客，喜欢用猪头来装神弄鬼，吓唬人，骗取钱财。《儒林外史》中有个张铁臂，是远近闻名的大侠，极其受娄府两名公子的待见。可有一晚，他在房顶上扔下一个人头包裹，吓得娄家两位公子不轻，讹了五百两银子。

不过，张铁臂并非是吴敬梓原创。故事的原型出自于冯翊子的《桂苑丛谈》。冯翊子是五代人，他讲的这个故事，叫做《囊中猪头》，说得是唐代诗人张祜，人豪迈，有侠气。一日，一个穿着非常勇武之人径自走进张祜的家门。

只见那人腰中配着剑，手里拿着囊。这囊，流血殷殷，看上去非常吓人。

张祜好侠客，待客甚是殷勤恭谨。那人说，我有一个仇敌，已经十年了，今夜大仇得报，高兴！又指着囊说，这就是他的头颅。

侠客得饮酒，有酒方有豪气。两人喝得非常开心。喝完了酒，那人说，我还有个恩人，住的地方离这儿不远，只有三四里路，我想去报恩。听说先生有侠气，能否借我十万缗。我报完这个恩，今生的恩仇已了，以后愿意为先生赴汤蹈火。

张祜是诗人，天真烂漫，容易相信人。所以，就"深喜其说，且不吝啬，即倾囊烛下"，倾其所有，给了那人十万缗。一缗是一千文铜钱，十万缗，是笔巨款。拿到钱之后，那人就留下囊首，与张祜约好时间之后，再回来相会。

那人离开之后，很快就过了约定的时间。张祜等到快要天亮，也不见那人回来，实在是没有办法，于是就叫家人打开囊，一看：

竟然是猪头！

于是，张祜的豪侠气概便"顿衰矣"。

下辑

此情不关风与月

冲冠一怒为红颜

潘金莲还是武大郎的妻子时,整天站在阁楼上招蜂引蝶,与孟浪少年调情,直到一根竹枝砸中了西门大官人。两人郎情妾意,很快便搅在一起。在水浒的世界里,潘金莲与西门庆两人的关系,是情欲的。色欲上头,恶向胆边生。两人为了满足性欲,便与王婆合谋鸩杀了武大郎。

不过,在《金瓶梅》中,两人的关系得到更进一步的发展。潘金莲对西门庆除了情欲之外,还有更细腻、深沉的情感。西门庆娶孟玉楼时,在长达三个月里,潘金莲相当忠诚,并未出轨。也只有到了这个时候,我们才可以确定,潘金莲是西门庆的情妇。她给西门庆写诗,以表相思之情。最终,西门庆还是舍不得潘金莲的肉体和情趣,把她娶回了家,做了第六房的侍妾。在古代中国,侍妾制度作为婚姻的补充——满足男人的性欲,可能还承担着传宗接代的任务——潘金莲走进了一个充满政治斗争的家庭。作为一个贫苦出身的女人,潘金莲能依靠的便是她的才情和高超的房中术。在《金瓶梅》的世界里,潘金莲并无生育能力,所以不可能通过生产来提高自身的地位。她以媚情讨得了西门庆的欢心。西门庆在半夜里想起身撒尿,潘金莲便用嘴巴当作尿壶。不过,她炙热勃发的性欲最终也埋葬了西门庆。

在伊丽莎白·阿伯特的《情妇史》一书中,把潘金莲这类妾也看作是情妇的一种。原因便是潘金莲在西门家的地位并不像大娘子吴月娘那么稳固,手中也无什么权力,随时都有被赶走的可能。明显的例子,西门庆对侍妾孙月娥,经常进行家暴,仅仅把她当作是煮饭的妇人,地位尚不如宋惠莲。按照今天的标准,宋惠莲是西门庆的情妇,孙月娥是小妾。两者的身份是泾渭分明的。伊丽莎白扩大了情妇的范畴——她把慈禧太后也看作是情妇的典型——也可以说扩张了情妇的政治影响力。像潘金莲致使西门庆纵欲而死,也可以说成是情妇破坏了西门家稳定的政治秩序。

人们天生好八卦,男女之事提供足够多的谈资。王小波写军代表抓到偷情者,不厌其烦地命其写偷情细节。我们在八卦中也是如此,求证着各种情欲细节,又借批判得到道德上的优越感。法国大革命之前,巴黎底层民众之间,流行起了黄段子和小册子。路易十五的生育能力被无情地嘲讽,王室的淫乱事体,被当做是茶余饭后的笑谈。在这夸张的喜剧氛围中,国王的权威,被无情地消解了。情色的破坏力比我们想象中的要大,它可以把神拉到凡人的地位上。所以,当法国大革命来临之后,国王路易十六被送上了断头台。此间还有一个非常有趣的现象,当贵族们频频被送上断头台时,妇女市民却拿着织毛衣的袋子在一旁围观。可以想象,国王与情妇们的风流韵事在政治祛魅的过程中起到多大的作用。不然,市民妇女们也不会像观看肥皂剧那样观看处决。

同样的情况也发生于大明王朝万历年间,十八岁的皇帝面临着极为严峻的形势。原因无它,皆因皇城里流传着匿名的传单和小册子。里面的内容关乎常洛太子的身世,以及万历帝与后宫之间的风花雪月之事。万历帝的担忧并不是没有道理的,所谓风起于青萍之末。陈胜吴广的"大楚兴,陈胜王",便造成了大秦帝国的崩溃与灭亡。所以,小册子和传单是打蛇打七寸，严重的话，可能会肢解掉整个明王朝。谣言的杀伤力，孔飞力在《叫魂》一书中，便有极为深刻、详尽的论述：叫魂是如何让整个清王朝感到不安的。

苏童在《我的帝王生涯》之中，写到王妃流落于妓院，一时嫖客如云，场面令人叹为观止。皇室是个权威，是充满神秘感的，与常人生活相距太远。一则小笑话可以说明问题，一对农家父子在劳作时，儿子说道，不知道皇帝大老爷是否也与我们一样在耕田呢？不料引起父亲一顿臭骂：皇帝当然跟我们不一样，皇帝用的是金锄头！由此可见，苏童虽然是小说家语，但众人趋之若鹜的场面还是有相应的道理的。没有人清楚神秘的皇帝是什么样的，同时每个人都想过把"皇帝瘾"——上了皇帝的女人，自然就是"太上皇"了！

情色是最好的谈资，而情妇往往与情色联系在一起。她们利用身体和房中术来换取资源。她们不劳而获，所以容易遭到忌恨。对于王室而言，情妇更是一个不稳定的因素。若是情妇门生下了子嗣，则会破坏王室的传统和稳定。同时，情妇向来是名不正言不顺。像路易十四那样，给自己的情妇各种爵位，算是绝无仅有了。凤姐儿得知贾琏把情妇尤二姐娶作二房时，立马计上心来，把威胁扼杀在摇篮里。

情色与道德的关系，暧昧又紧密相连，遮遮掩掩又杀伤力巨大。所以作为附庸于男人存在的情妇，容易被男人们当作是替罪羊。杨贵妃之死，吴三桂的冲冠一怒为红颜，皆是为了各自政治目的而牺牲美人颜。情色最廉价，也最有效。而我们，也在茶余饭后找到谈资，以证明自己是这浊世中独一无二的明白人。

呆子，你怕不怕我？

《天龙八部》中，身受重伤的木婉清和段誉被瑞婆婆一干人追杀，逃到了无量山的一处山崖中。在这生死毫厘间，金庸写出了美到令人心碎的少年情怀。

木婉清冷笑道："你也有父母妻儿，是不是？"

段誉道："我父母是有的，妻儿却还没有。"

面对段誉的回答，"木婉清眼光中闪过一阵奇怪的神色"。即使是金庸不点明，我们也知道，这"奇怪的神色"其实是喜悦的，欢愉的。木婉清的心早就归属段誉，但这种状况，还是暧昧的。从木婉清的角度来说，虽然是极其喜欢段誉，但要认定他心底里到底还有着丝毫的犹疑。原因是木婉清称段誉还是"你"——态度上还很谨慎，严格区分你和我——接下来的一幕，才是最美的：

"木婉清道：'我问你一句话，你若有半分虚言，我袖中箭立时取你性命。'说着右臂微抬，对准了他。段誉道：'你杀了这许多人，原来是短箭从袖中射出来的。'木婉清道：'呆子，你怕我不怕？'段誉道：'你又不会杀我，我怕什么？'木婉清狠狠地道：'你若惹恼了我，姑娘未必不杀你。我问你，你见过我的脸没有？'"

当木婉清脱口而出"呆子"时，我们终于可以长舒一口气。因为，段誉在木婉清的心中升级为亲密的"呆子"，而非是冷静客观的"你"。这样的口吻，算是彻底表明了木婉清的心意。她心中最有一丝的犹疑也已烟消云散。虽然木婉清出场时，是冷峻到凛然不可侵犯，性格极烈，但随着情节的前进，我们发现木婉清是个温柔贤淑的姑娘。而她的冷峻，其实是自己的保护机制。所以，当她叫段誉"呆子"时，就已经准备把所有的一切都献给他了。

"呆子"这样的昵称，于少男少女而言，杀伤力极大。它的出现，表明了身份上的专属，表明了语言上的宠溺。像"傻瓜""孩子""猪"此类普及度甚高的昵称，都有萌萌呆呆的特点，给人一种怜爱之感。特别是猪，肥嘟嘟的，吃了睡睡了吃，简直是"宠溺"的最佳代言。相反忠诚机灵的狗却不能转化为爱的昵称——我家那边倒是喜欢在人名之前加个狗字，但毕竟不如恋人来的宠溺。

王小波在《寻找无双》中对人群作了别开生面的划分：世界上自始至终只有两种人，一种是像我这样的人，一种是不像我这样的。抛开原著的政治隐喻不说，事实上对于大多数人而言，这样的划分是正确的。人类的社交也是遵守这样的规则，所谓"物以类聚，人以群分"即是也。但到了更深层次和更细致的交往中，称呼上的变化，已经是情感递进的见证。暗恋时，一般以"他/她"称之。当然不是人人皆可"他/她"，这是暗恋的专属。"他/她"发展到"呆子""傻瓜""猪"一类带有宠溺口吻的昵称，又是经过怎样的一番风花雪月和海誓山盟呢？或许，真相远比我们想象得简单。《笑林广记》中有一则笑话，新嫁的媳妇刚到夫家，见米缸白米如银，说："你们家好多米啊。"一宿过后，情况大不相同，便成了："不知道我们家的米能不能吃到月底？"

"你"和"呆子"的距离，说远不远，说近不近，但也泾渭分明。说"你"，即使是感情再好，也不过是别人家的。说"呆子"，即使再生气，也是恨铁不成钢，是嗔怪。旁人观来，也是别有一番风趣。

但昵称到底是属于少男少女的，是属于少不更事的情愫。若是过了这个年龄段，说起昵称来——潘金莲称西门庆为"大大"，与李瓶儿争宠期间，别出心裁地以自己的嘴巴作大官人的尿壶，吞了一大泡热溺后，西门庆果然很高兴。

我偏要勉强

在《倚天屠龙记》中，张无忌和周芷若在峨眉山上结婚，赵敏前去阻止，遂发生以下的一幕：

"赵敏道：'行礼之后，已经迟了。'

杨逍和范遥对望一眼，知她今日是存心前来搅局，无论如何要立时阻止，免得将一场喜庆大事闹得狼狈尴尬，满堂不欢。杨逍踏上两步，说道：'咱们今日宾主之礼，赵姑娘务请自重。'他已经打定主意，赵敏若要捣乱，只有迅速出手点她的穴道，制止她再说。

赵敏向范遥说道：'苦大师，人家要对我动手，你帮不帮我？'

范遥眉头一皱，说道：'郡主，世上不如意事十居

八九，既然如此，也是勉强不来了．'

赵敏道：'我偏要勉强。'……"

张无忌宅心仁厚，性格没有主见，容易被人牵着鼻子走。与周芷若的婚姻，便是周芷若步步为营的结果。若非赵敏前来搅局，两人肯定成为了武林中的神仙美眷。赵敏敢只身前来峨眉山——所要面对的敌人是明教、武当、峨眉等各派高手。赵敏武功并不算高，单单杨逍即可让她性命不保。她冒险前来，只为带走心上人。可见，赵敏对张无忌的爱意是多么深切。孟子所言，虽千万人吾往矣，其情其景应该如赵敏相似。

金庸写涉世未深的女子，真是姿态万千。写她们的情愫，更是令人惆怅。《白马啸西风》里，李文秀一声低喃："很好很好，可我偏偏不喜欢。"木婉清相思成疾，被杨过误了终身的姑娘们——郭襄的弟子名唤风陵，可见相思之深——都令人心疼惋惜。勉强不过来的事情，最令人怅叹。

凡是以爱情为卖点的故事，莫不是诸多阻碍，如家族的阻力、阶级的差距、物质的贫乏，甚至是生理上的需求，都极有可能破坏一份美好的爱情。如罗密欧与朱丽叶的悲剧，那是源于家族的仇恨；刘兰芝与焦仲卿，若是婆媳关系好一点，也不至于家毁人亡。早些年读《孔雀东南飞》，不由感慨万千。但凡焦仲卿硬气一点，不对母亲言听计从，断然不会发生夫妻双双殉情。于此可见，在爱情中，若总是女人去做勉强之事，男人必定软弱无主见；物质上的匮乏，杀伤力极大，可以杀死一切感情。比如在大饥荒时，易子而食时有发生，亲情用来果腹，莫说爱情了。但我们偏偏喜欢那些相濡以沫的故事，觉得这样的情感最为淳朴。因为男女双方都没有功利之心，只有欢愉的爱情，简直就是爱情的最佳模式。可不管多么美好的爱情，最终还是要面对现实，都要经过生活的洗礼。《喜剧之王》中，穷得连盒饭都吃不起的尹天仇朝着舞女柳飘飘喊道，我养你啊。谁都知道，以尹天仇当时的境况，是不可能养得起柳飘飘的。这句话的承诺性质远远大于实际行动。但观众们最爱这一套，也始终相信这样的爱情是最美的。当年我看《喜剧之王》，每每到此处，都忍不住落泪。皆是为了这困窘之中的，勉强之举，令人情感泛滥。以生理原因，以至于爱情变味，以至于情感破裂的，此种案例多得是。麦克尤恩的长篇小说《在切瑟尔海滩上》讲得就是一对新婚夫妻，性事上不和谐，导致生活不愉快，矛盾重重，最终还在蜜月期，婚姻就草草结束。菲茨杰拉德和妻子珊尔达之间也冒出过不和谐。当年珊尔达爱上了一个军官，还跟军官出去游玩了一圈，实际上的关系应该是发生过的。菲茨杰拉德非常伤心，但珊尔达更是直指问题的本质："这是一个尺寸大小的问题。"所以，菲茨杰拉德最后能原谅珊尔达，可能也是在大小的问题上，觉得对珊尔达有所亏欠。

　　我们之所以为赵敏们的行为所感动，那是因为她具备了过人的勇气。在追求爱情的道路上，敢爱敢恨，果断勇敢。这是大部分人所不具备的素质，我们会屈从于平庸的生活，最终会融于世俗之中。轰轰烈烈地去追求所思所爱，大多的时候是一种越轨行为。武松与潘金莲坐在屋子里，边烤火炉边吃酒，身心俱热，但终究没有行动，说到底还是顾忌着道德律例。武松也只在香港的电影里，做过一场香艳的春梦。一觉醒来，便春去了无痕。心底里的遗憾和惆怅，也会随着生活慢慢消散。生活毕竟是要有秩序的，不然会乱了套。所以，作为普通人，我们需要别人的传奇，以汲取继续生活的勇气，以点缀平常生活的色彩。

行乐需及时

海明威的第一任妻子哈德莉，曾经不慎在火车上遗失了海明威的手稿。海明威虽然嘴上说原谅了她的粗心，但心底里到底还是有所怨恨。后来，当哈德莉"意外"怀孕之时，海明威完成了一个小说——里面的女人因为分娩而死亡。小说结局或许揭示了海明威潜意识里的不安和恐惧，孩子并非是计划中的，而是一个美丽的"意外"。海明威晚年在回忆录《流动的盛宴》里，深沉地追忆起在巴黎的流金岁月。巴黎是一座声色犬马的城市。

若我们细心考察，不难发现，哈德莉的怀孕使海明威处于两难之地。当时，海明威写作事业未成，还在苦苦地追寻着写作大业。孩子的到来，或多或少都会影响到写作事业。古时候妇女改嫁，孩子会被称作是"拖油瓶"。何意，即是负担。于此可见，孩子有时候确实是会成为累赘。前段时间，不就有个新闻，说一孩子撞破母亲与情郎的奸情而惨遭谋杀么？

我们说起声色犬马，必然是少不了情欲。只有喷发了情欲，才能算得上迷醉人生。快乐从来都是与身体有关的，而情欲则是最本能的欢愉。

晚明时，由于市民生活的需要，所以市面上流行着大批以劝喻为幌子的情色小说。男人们寻花问柳，女人们极致张扬，欢愉的方式令人目不暇接、耳红心跳。像西门庆与妻妾们的爱恋，很是令人眼花缭乱。西门庆虽然养着一头"大驴子"，但他能近乎无限地追求身体欲望，说到底还是追求快乐的成本低。纵览全书，西门庆的生命力不可谓不旺盛，欲望高涨起来，连自己的书童都给办了。按道理来说，这样的人繁殖能力也是非常优秀的。但在《金瓶梅》的世界里，西门庆只有三个孩子，其中一个还是吴月娘求送子观音求来的。可以说，西门庆的子嗣并没有反映出西门庆的战斗力。而西门庆与潘金莲，之所以一直以来被人视为淫荡的典型，那是因为他们的行为表现出了最纯粹的欲望和欢愉。他们没有怀孕的风险，不用承担世俗的责任和义务，简直就是寻欢作乐的最理想状态。所以，情色小说里的主人公最令人羡慕的便是在此，满足了身体的欲望，却不用承担任何后果。声色场所里的高手，必定也是风险控制大师。

自古以来，就没有纯粹的快乐。自然进化的结果揭示，两性结合首要的目的便是繁衍生殖。快乐只是生殖过程中的伴随的现象。可人类不同于其他动物的地方，就是太过于聪明。若是我们去读漫长的避孕史，会发现人们几千年一直在琢磨的一件事便是：如何把情欲和生殖分离出来。早期的避孕技巧都带有巫术的色彩，比如说性爱之后跳某种舞蹈，蹦蹦跳跳，能使男人的种子分离出来。再比如说，铜条、柳条、薰衣草、欧芹、野胡萝卜等都被用来避孕。避孕工具也层出不穷，像动物肠子、银托子、安全套等。所有的工具和手段，指向无非是，人类在寻求快乐方面极具耐心和冒险精神。一些避孕措施会给女性带去极大的身体伤害，比如说煮铜条汤喝，可能致人死命。情欲与生殖的分离，也暗含威胁，若是社会上所有人都耽于享乐，不再承担家庭责任，人类文明自然会是无以为继。所以，在宗教上把避孕当作是件罪恶的事情。基督教的世界里，体外避孕被视为俄南之罪；教会也会通过教义来鼓励教众生育。在中国，也会把情欲丑化。西门庆脱阳暴毙，是纵欲之人的经典下场。以惨烈的死，来达到教化民众的目的，想法很好，效果却值得商榷。

真正把情欲与生殖分离出来的是现代安全套的发明。换一句话来说，安全套的出现使人能真正地追求纯粹的身体快乐。怀孕变得可以控制，不再与繁衍生殖紧密相连。即使是避孕失败，也还有补救措施。寻欢作乐的成本变得极其低廉——快乐变得单纯了，不用与责任和义务挂钩。上世纪六七十年代，西方年轻人掀起的性解放运动，不就是以性作为武器，向传统的道德和观念宣战么？年轻人惯于追求欢乐，又看事事不顺，想要从传统道德中争取身体的支配权——身体自由了，思想才能自由——也是情有可原。不过。老嬉皮士晚景凄凉的也不在少数。

情欲与生殖的分离，是现代文明的胜利。人们从沉重的枷锁里挣脱出来，孜孜不倦地追求着快感。福柯在加州时，发现了一片新天地，快乐释放着身体里的欲望。然而，他最终却因为艾滋病而病逝。现代社会可以容纳个人乖张的生活方式，繁杂的快乐姿势，但各种病症却有增无减。当"怀孕"不再是寻欢作乐的威胁之时，现代病却又适时地出现。所以，追求快感从来都是一件高风险之事。承受得起多大的风险，就能享受得了多大的快感。向左走，还是向右走，悉听君便。

喝了这杯酒

沈从文与张兆和的爱情故事，很能吸引人。张兆和是大家闺秀，沈从文是湘西的乡下人。身份与阶层上的差距，还是挺大的。所以，在早期，张兆和看不上沈从文也是有道理的。不过，乡下人执拗起来，也可怕得很。在沈从文狂轰滥炸的攻势下，张兆和最终还是沦陷了。她给沈从文拍去了一封电报："乡下人，来喝一杯甜酒吧。"

酒水需求最多的地方是江湖。江湖是个化外之地，是梁山伯好汉聚集所在，里面的人大多活得洒脱。花和尚好酒、武松好酒、李逵好酒，十字坡里孙二娘卖酒，酒能平添常人几分侠气。在十字坡里，武松与孙二娘的唇枪舌剑的交锋极为精彩——若是仔细阅读，不难发现他们借着酒劲，在调一份危险的情。刀刃上的情欲，自然会令人提心吊胆，血脉偾张。不过，毕竟水浒是男人的世界，大碗喝酒是豪气，大英雄皆不近女色。女色的下场皆可怜可悲，如阎婆惜、潘金莲等。孙二娘再往后，便彻底成为一个工具。江湖男女情，还是金庸古龙那边，写喝酒吃肉，必定令人无限向往。张无忌与张敏在小店里，两人独自吃过几回酒之后，便心心相印，谁也离不开谁了。可见，酒在这里是情意绵绵的好东西。所以，叶芝在《祝酒歌》里咏唱道：

  美酒口中饮

  爱情眼角传

  我们所知唯此真

  在老死之前

  举杯至双唇

  眼望你，我轻叹。

  这样的浪漫场面，令人心生向往。在这里，甜酒与爱情，形成了美妙的联系。甜酒的芬芳，便是爱情的诗意。若我们细心考察，不难发现，在爱情里有时候是需要一些介质来沟通精神与身体：一面是微醺的眉眼，一面是张开的身体。这里既是情调，也是欲望。酒是爱情的介质，更是催情的幻药。两人幽会，喝个小酒，情到浓处，身体微微发热，事情自然是水到渠成。一觉醒来，意犹未足，但两颗心早就紧紧地贴在一起了。

不管多么纯洁的爱情，最终还是要直面欲望。而酒的特质可以让它在情欲里，承担至关重要的作用。尼采所言的酒神精神，便是张扬的，激烈的，感性的情绪和力量。它依靠直觉，跟随内心，张扬身体欲望。古希腊、罗马时期，凡是遇到大事，民众便要祭祀一番。祭祀过后是庆祝，场面极其浩大，充满了肉欲与欢愉的氛围。往日读《爱琴海的爱情》一书，依稀还记得古希腊有个盛大的节目，是关于繁衍生殖的。在节日期间，男女自由交欢，以感谢神的馈赠和庇佑。若是我们对古希腊神话稍作考察，不难发现众神之间，其实是一部寻欢作乐的历史。宇宙主宰之神宙斯乃是有名花花公子，为了寻欢作乐，什么坏心眼的事情都做得出来。古典时期的浪漫，在于对肉欲的毫无节制，在于对激情的推崇。他们的生活还未被纳入现代文明秩序之中。换一句话来说，他们追求快乐的成本要远远小于文明社会。像在古罗马，妓院是遍地开花的，寻欢作乐的对象不单单有女人，还有美少年。

凡是盛大的欢愉，几乎都与酒有关。所谓酒池肉林，其背后必定是荒淫无度。"酒池肉林"的典故源自商纣王，作为亡国之主，他有个特殊的爱好，不但自己好色，也喜欢看别人交媾。闲暇无聊之时纣王喜欢叫一群青年男女在酒池肉林里做那"赏心悦目"之事。更为残酷的是，有时候商纣王还不满足，便叫人牵来羚羊——就此打住。若问我为何记得如此清楚，大概是少年时读纣王的故事，被一副裸女跳舞的插图——虽然线索简单，但女性的身体曲线毕现，颇为妩媚——给深深地吸引住了。美酒在这里的作用，便不言而喻了——欲望的源泉。它使人丧失理智，抛弃了耻感，使人用最直接、原始的方式去追求快感。

李安的电影《冰风暴》里，有个非常有意思的一幕，男女主人公去参加邻居的鸡尾酒晚会。等所有人都喝得醉醺醺的时候，大家便实施起埋藏在心底的游戏，换钥匙。事实上，这个游戏的主要目的是更换性伴侣。平庸的日常，井然的秩序，夫妻之间的例行公事，让生活丧失了激情，变得乏味。而鸡尾酒晚会，则成为一个突破口。乔治·奥威尔的小说《上来透口气》，写得便是被庸常的生活压抑得喘不过气来的中年大叔。所以，这样的一群人需要一个发泄之所，来逃避生活的沉重和庸常。在这时，酒精是最好的助动力，它能暂时地让人逃离出去。在神志不清的情况下，所有的不轨行为都可以获得道德上的豁免权。夫妻之间也心知肚明，激情过后，最终还是回到庸常的生活里去。我们向往逃离秩序，然而最终又不得不回归到日常里去。虽然日常意味着平庸，但也带来了恒久的安全感。

看得见风景的房间

　　海明威的《太阳照常升起》的第七章，极为精彩，勃莱特、杰克和米比波普勒斯伯爵在狭小的空间里进行了一场惊心动魄的情感交锋。勃莱特与杰克是一对暧昧的恋人，但由于战争的原因，杰克受到了极大的创伤，两人很难真正地走到一块。勃莱特是一名非常风情的女子，自然不会满足于两人逛街倾心之途。两人分别后，勃莱特又到杰克的屋子里拜访他。不过，这一次她带上了伯爵。她要跟伯爵去圣塞瓦斯蒂安旅行。

　　……伯爵笑颜逐开。他特别开心。
　　"你们俩都非常好，"他说。他又抽起了雪茄来。

"你们为什么不结婚,你们俩?"

"我们各有不同的生活道路。"我说。

"我们的经历不同,"勃莱特说,"走吧,我们离开这里。"

"再来杯白兰地。"伯爵说。

"到山上喝去。"

"不。这儿多安静,在这里喝。"

"去你的,还有你那个安静,"勃莱特说,"男人到底对安静怎么看?"

"我喜欢安静,"伯爵说,"正如你喜欢热闹一样,亲爱的。"

"好吧,"勃莱特说,"我们就喝一杯。"

"饮料总管!"伯爵招呼说。

"来了,先生。"

"你们最陈的白兰地是哪年的?"

"一八一一年,先生。"

"给我们来一瓶。"

"嗨,别摆阔气了。叫他退掉吧,杰克。"

"你听着,亲爱的。花钱买陈酿白兰地比任何古董都值得。"

"你收藏了很多古董？"

"满满一屋子。"

在这看似热闹的对话中，始终活跃的是勃莱特和伯爵，而杰克则一直处于旁观者的位置，并未说一句话。即使海明威不写出来，我们也能体会到杰克心中的悲痛。自己心爱的女人要跟伯爵去旅行，而作为一个男人竟然无力阻止，心里的悲痛可想而知。海明威的对话向来有力量，令人遐想无限。伯爵的炫耀、勃莱特的尴尬、杰克的悲痛，都被隐藏在"冰山"之下，都被囊括在斗室之中。

爱情是一对危险的关系，男女双方有攻有防，最细微之处亦能决定整个战局。在没有第三方的加入之前，双方基本上可以保持均势的状态。爱情的另外一方面是通向情欲，换一句话来说，男女双方最终还是会走向卧室，真刀实枪地干上一架。狭小的卧室——相对于广阔的外部世界而言——给他们提供了必须的场所。所谓太阳底下无新鲜事，卧室自此就形成了一个相对广阔的空间。里面发生的事，再小也是个浪漫的情趣了。在程小莹的《女红》里，马跃与北风，素有暧昧，两人踏马路之后，做了什么？就是回到北风的房间里，缠绒线！两人默默相对，空气里荡漾着不安而喜悦的滋味。后来再读金宇澄的《繁花》，赫然发现"缠绒线"三字，心中再也不能安稳。上海作家写情欲，点到即止，发于情止于礼。至于后来的场面，自然是靠读者脑补。

马跃与北风在房里缠绒线的场景，令人想起西门庆和潘金莲在武大家吃酒的情景。两人勾搭在一起，王婆的功劳要记大半。作为阅尽了人情世故的王婆，还提炼出一套偷情指导理论，十可十不可，非常有意思，在此不赘述。感兴趣的人，可以按图索骥。事实上，西门庆潘金莲两人的故事一直被世人所叙述，从他们第一次在水浒江湖中相见，到金瓶梅世界，再到近年来的情色电影，他们都是一对绕不过去的主角。若是细心探索，不难发现，他们的房间越来越奢华——情欲的阈值越来越高，我们不再安于身体的欲望，还要顾及怎样才能更好的展现的欲望。况且，西门庆和潘金莲的情欲空间也日益受到挤压。我们对比一下各种版本的西门庆潘金莲的偷情故事，不难发现，王婆在房里逗留的时间越来越长。换言之，她对两人的情欲介入也随着时间的推移，变得越来越深。王婆这个角色，在西门庆、潘金莲两人情欲世界里权重越来越大。在《水浒传》里，王婆在两人情意到了七八分之时，便出了房门。

给他们留下了最后的空间，而在李翰祥的《金瓶双艳》里，王婆便完全在卧室之内。西门庆和潘金莲在床上干好事，王婆在旁打算盘，一下算一次钱。潘金莲彻底物化，王婆的权力大得可怕了。

房间里的风景，自然少不了同好者——为满足自己的欲望，偷听、偷窥大有人在。小白有个妙论，作者与读者的关系，是表演与偷窥的关系。偷窥一词，极其魅惑，它表明了一种紧张又暧昧的关系。时人常在公园等公共场所寻找刺激，便是有这么一层的关系，调动着全身心的欲望，还得留意是否有人偷看，感觉不一样。而在影视作品中，关于偷窥的电影有很多，随便一搜就蹦出大把，限级的不限级的都有，可见市场需求。偷窥是满足情欲的一种方式。所以，有偷窥者，必然有精心设计的表演者。麦克尤恩的《只爱陌生人》便是关于这样的故事，陌生人的身体永远充满了魅惑，但他的房间也充满杀机。在《看得见风景的房间》里，露西一再坚持要个能"看得见风景的房间"，为何？太阳底下无新鲜事也。

若是我们把卧室当作私密空间，情欲的释放自然也是极其私密的。现代文明的法则之一，便是隐私理所当然地要得到尊重。私密空间不仅仅是情欲场所之所在，更是个人尊严的底线。像王婆那样介入到西门庆和潘金莲的情欲世界里，我们可以说是李翰祥的出奇想象，也可以说是观众的需求。在《1984》和《我们》那里，便是一种任务，一种秩序。

　　一间小小的房间涌进了太多的人，爱情让位于情欲，情欲又让位于表演。房里房外，我们最终无所遁形，赤裸相对。

茫茫人生，好似荒野

《水浒传》第二十六回《母夜叉孟州道卖人肉，武都头十字坡遇张青》中，武松与母夜叉进行了一段颇有趣味的对话：

……那妇人道："客官那得这话！这是自捏出来的。"

武松道："我见这馒头馅内，有几根毛，一像人小便处的毛一般，以此猜疑。"武松又问道："娘子，你家丈夫却怎地不见？"

那妇人道："我的丈夫，出外做客未回。"

武松道："恁地时，你独自一个须冷落。"

> 那妇人笑着，寻思道："这贼配军，却不是作死，倒来戏弄老娘！正是"灯蛾扑火，惹焰烧身"，不是我来寻你，我且先对付那厮。"

潘金莲曾经主动挑逗过武松，当时武松的表现却是那么端正。他们在火炉旁吃酒，武松是有过松动的，不然也不至于会"有八九分焦躁，只不做声"，但毕竟是依靠着强烈的伦理道德观念压制住了情欲。武松对潘金莲所说的那番话，与其说是对潘金莲的训斥，倒不如说对自己的一种提醒或者是打气。

潘金莲是武松的嫂子，与之勾通，会成为"没人伦的猪狗"。武松一个顶天立地的汉子，自然不会去做这样的事情。况且，武松与武大的关系极好，他们恪守兄弟伦理。这便是日常生活中所需要遵守的秩序之一，但到了十字坡，武松的处境已经截然不同。他已经是个刺配的配军，十字坡是个过道，过了便是江湖梁山泊。武松与孙二娘的暧昧调情（如果可以说成是调情的话），已经少了世俗的压力，走得是江湖的路子。刀尖上的情欲魅力体现在不确定性，武松与孙二娘的对话句句指向情欲，他们各自计算，却刀刀见血。若不是武松经验丰富，断然会被孙二娘蒙汗药药倒了，成了人肉包子馅。但即使是存在着致命的结果，男人们还是会对此乐此不疲，原因无他，皆因是"孙二娘笑着"。这一笑，在男性荷尔蒙的江湖中，自然是媚态十足。这是江湖上的孙二娘，不至于风情万种，但也别有魅力。

武松从伦理束缚中解脱出来，整个人变得不再那么僵硬，而是更加柔软、洒脱。他身上的英雄气质便开始瓦解，他对孙二娘的那番话，金圣叹批注道，"虽是说馒头，乃其语溷裹之极，已风话矣，读之绝倒"，可见武松在此时已经近乎于无赖了，一副久混瓦舍勾栏的模样了。

孙二娘的酒家算得上是旅馆，形象接近于它的，是电影中的龙门客栈。张曼玉版本的金镶玉比孙二娘更具女人味，更是风情万种，媚态万生。但这样的女人，周淮安多半不会选择她来作为人生伴侣。原因无他，江湖味太浓，不适合居家。居家的是邱莫言，识大体，能持家。

若是我们去考察《龙门客栈》电影版本的变更，便会发现龙门客栈的功能的变更。在胡金铨那里，龙门客栈还保持着保家卫国的功能，是个"麻雀虽小五脏俱全"的小朝廷。而到了徐克这里，龙门客栈变得更像是江湖了，保家卫国举动是意外的举动。周淮安与金镶玉的调情，是庙堂与江湖之间的一个暧昧玩笑。

客栈或者是旅馆，相对于家而言，它的意义才会凸显。家是一种日常生活的象征，日常意味着庸常，意味着节奏不变，意味着压力和责任。而旅馆却开辟了另外一条道路，它的不确定性，使得旅途充满了欲望和魅力。爱尔兰小说家克莱尔·吉根曾经写过一篇小说，说一个中年妇女乘着车到旅馆里与笔友见面——这样的见面自然是少了情欲的释放。所以说，旅馆是逃离过程中的一个栖息的地方。

逃离这种情绪，相对于革命来说，是相对温和和消极的反抗。它并不激烈地反对着现有的稳定或者是秩序，而只是逃离眼下的秩序。因为平稳的秩序带给他们太多压力，承受不过来了，便有了出逃的欲望和对另外一种生活的想象。

在吉根的小说中，中年妇女对与男人见面的情景想象得很美好。她只打算小小的逃离一番，但不打算彻底抛弃现有的生活。她只打算稍稍出轨，但现实并不美好，若是我没有记错的话，小说中那个妇女最终还是被杀了。这是悲伤的状况，正如十字坡上的孙二娘，有致命的诱惑，也有致命的危险。

我们之所以对旅馆有这么强烈的向往，其实归根结底，还是对传奇的向往。这是种美好的想象，但现实往往不如人意。从日常生活、伦理道德中逃离出来的人们，又该何去何从呢？这种温和的叛逆者，断然不会去重构一个新的秩序，或者是新的理想国。

我们对此充满憧憬，又对此无可奈何，或许这正是所谓的"茫茫人生，好似荒野"吧。

门

　　人有规矩,鬼也有方圆。对于人来说,鬼在大多数时候是凶狠的,它们的力量是能突破世俗的禁忌。不过,鬼也是像人一样,有社会属性,也是有顾虑的。往时读英国的一本小说,名字好像是《幽灵旅馆》。小说里有处可供把玩的细节:夜晚吸血鬼首次进屋害人,是需要得到授权的。吸血鬼虽然力量强大,可化作云雾,但若是主人家不开门,吸血鬼只能化作翩翩绅士,贴在窗前轻轻呢喃,满口甜言蜜语,说得女主人心花怒放。若是女主人一时把持不住,开了门,吸血鬼以后便能畅通无阻,再也不需要得到主人的首肯。换一句话来说,便是开了房门,沦陷了所有。这样的情节设定,赋予门神奇的力量,可以阻挡所有的邪恶。

常言道，眼睛是心灵的窗户。言下之意，心灵即使不是豪华海景房，至少也是五脏俱全的公寓。人们把窗户开在眼睛上，却难以言明门到底在何处。孙悟空与二郎神斗法，甚是好看。两人一来一往，孙猴子抵挡不过，便化作一座寺庙，以瞳当窗，以口作门。可见，把嘴巴当作心灵的门，是符合人们的预期和想象。吸血鬼之所以甜言蜜语，是为了让女人门户打开，入侵公寓。由此看来，吸血鬼分明是一名无赖，以甜言蜜语诓骗得女人房间的钥匙，从此便肆无忌惮地进出。

吸血鬼也好，无赖也罢，只要女主人的心足够坚定，是可以避免受伤的。女作家之所以把吸血鬼刻画得玉树临风，意在说明男人的相貌往往是靠不住的。同理，殷素素临死之前对张无忌的一番话，也可以说是漂亮的女人将死，其言也善——不要相信漂亮的女人！男女之间的攻防，不啻一场战斗。《阅微草堂笔记》中有一则小故事，说某地有女人遭到蛇灵入侵，体内长了蛇信子，若是男人与之交媾，便会脱阳而死。又有诗云："天生一个仙人洞，无数风光在玉峰。"此诗出自清代情色小说《花荫露》，指向自然是不言而喻。所以，即使女人开了房门，男人登了堂入了室，危机照样重重。

把门与情色紧紧联系在一起，应该归功于"陈老师"。当年艳照门一事，在网络闹得沸沸扬扬，引无数网民狂欢。人们向来喜欢长在别人脸上的青春痘，也乐于在茶余饭后对之咂舌一番。"陈老师"的"艳照门"，重点不在艳照，而在于门，在于其背后是无数双猥琐的眼睛。我小时候，很是迷恋万花筒。原因便是，通过小小的洞口，可以窥见缤纷世界的变迁。小孩子喜欢探索未知的世界，成年人则喜欢窥私欲望。欲望是人性的本身，窥视是满足的一种途径。耶利内克在自传性小说《钢琴教师》里写到一个情节，一向被专制母爱所压制的女儿，为了满足隐秘的欲望，便到情色店里购买服务。她关好暗室的门，独自一人静静观看情色电影。在这里，门和暗室构成了一个封闭的空间，它保持了当事者的尊严。

王小波写薛嵩与红线做爱，突然敌人来袭，破门而入。红线情急之下，只得脱身离开，只剩下薛嵩在尽情地做动作——烛光中，薛嵩猥琐的动作映射在墙上。网民正如破门而入的敌人，粗暴地侵犯了隐私，满足了窥视的欲望，又理所当然地成为了刽子手。"陈老师"被迫开了房门,泄露了春光,往后各种"门"层出不穷,红了无数艺人。独独"陈老师"黯然告别娱乐圈,偶有照片见世,也是一副凄凉模样。

西方向来有尊重私权的传统,所谓"穷人的房子,风可以进,雨可以进,国王不可以进"。国王是什么?是统治者,是权力的代表,是名叫利维坦的怪物。所以,门在这里便是权利,是尊严。一扇门或许是微不足道,但却是不可侵犯。吸血鬼进门需要首肯的设定,可能也根植于这样的认知:吸血鬼极有可能与国王一样邪恶,是需要严加防范的。

然而,事与愿违,隐私权这扇门虽然经过了百年的演变,人们层层设防,但在互联网面前还是不堪一击。苹果爆发大规模的"艳照门"事件,事实上说明在互联网时代,隐私权极有可能是个美丽的幌子。我们虚掩一扇并不存在的门,以寻求生活里的安全感。

屁股上的春秋

　　王小波在《黄金时代》里写王二与陈清扬的爱情，很是浪漫飞扬。痞子王二为了诓陈清扬与之发展关系，便发明了油嘴滑舌的"伟大友谊论"。陈清扬心里自然是明亮的，男欢女爱人之常情嘛。前期两人享受着纯粹的情欲，但情况总会发生质变的：王二与陈清扬准备逃到山上去，面对着沟壑满野的山坡，陈清扬闹了一阵别扭。王二气不过，便一把扛起陈清扬，在她屁股上狠狠地拍了一巴掌。于是，天地明朗，只觉得山风吹来。陈清扬在那一瞬间，身体疲软，爱上了王二。

　　在此，我们心里不免犯嘀咕，为什么在那一瞬间，陈清扬爱上了王二？打屁股虽然是暴力行为，但它与其他的身体暴力还是有所不同。小时候，父母为教训顽劣的孩子，除了拎耳朵之外，便是打屁股了。屁股上皮薄肉软，一巴掌打下去，声音极其清脆，效果好。而且，屁股对于其他地方而言，伤害不至于过大。一边是教训，一边是疼爱，合二为一，真是令人如痴如醉。

对打屁股行为有深刻见解的还是小白。他在《爱你就打你屁股》一文中，就深刻地指出："要对另一具身体宣布权利（或者承诺），没有比屁股更合适的地方了。它开阔得像一份文件的底部（bottom），预留下来用作签印——屁股上签个字或者画个圈，表示已阅，表示认可，或者宣布否决，甚至可以声明转送（'请转王、李等局长阅'）"。我们稍作延伸，便能发现，小白所揭示的关系，其实是暗藏在人心的权欲。陈清扬在那一刻爱上王二也就不难理解了，王二的一巴掌是宣布了对她的占有，实践了对她的承诺。那英在《梦醒了》唱道："天亮了我还是不是你的女人？"陈清扬得到王二的确切回答，于是就敢放心地爱了。爱情说到底是个脆弱的东西，需要长久的安全感。

如果熟悉王小波的读者，定然不难发现，打屁股哲学被他无限地发挥了：李靖给红拂女打造精致的牢车，红拂女也满心欢喜；小史与阿兰的爱情，发生在派出所里。两人在刑拘与惩罚的过程中，感情慢慢升温，终于一发不可收拾，似水柔情。《舅舅情人》里的衙役与女飞贼，关系也是如此。在追逐与惩罚过程之中，完成了恋爱的转变。牢房（牢车）象征着权力，可以监禁人。换一句话来说，谁能享受牢房这独特的空间，谁便是独特的一个。牢房是打屁股的升级，是拘禁，更是宣布了对爱人实践独享权。爱情的自私，便是为心爱的人建立一个完全属于他（她）的空间。

郑板桥"好娈童"天下皆知，名士自当风流。可他还有一个爱好，便是坐在高堂之上，看见衙役打别人屁股——看见白花花的屁股，逐渐至红肿，于是心有不忍。郑板桥的娈童之好，是不忍的原因之一。更深层次的原因应当是——试想一下，坐在高堂之上的大老爷，看着堂下叫疼不已的犯人，心里怎么可能不起一点变化呢？或厌恶，或慈悲，或兴奋，皆出于对权力的迷醉。是杀是放，全凭堂上一句话。所以说，权力是最好的春药。

屁股是身体的局部，通过局部来宣称整体的占有，不失为一种好办法。阿离对张无忌痴情无比，想要把他带到银蛇岛，张无忌不肯，阿离便对着张无忌的手咬了一大口。多年之后，赵敏看到张无忌手上的伤痕，不禁醋意大发，也跟风咬了一口，宣示了张无忌的主权的变更。这是爱的契约。

若是我们把身体当作是个国度，那么自己自然是国王。与谁交往，与谁分享，自然是国王作主。奥地利作家马索克在小说《穿裘衣的维纳斯》中，写到一个人，恳求女爵的鞭打和羞辱。女爵动作越大，马索克的快感便越强烈。而法国人萨德又是一番景象，他喜欢鞭打别人，野蛮地侵略别人的主权，从而获得快感。所谓周瑜打黄盖，一个愿打一个愿挨，周瑜黄盖，便是虐恋情深了。

屁股事小，主权事大，稍有不慎，便是血雨腥风。在金庸的《笑傲江湖》中，华山派与青城派的梁子，辟邪剑谱固然是内因，但令狐冲与罗人杰的冲突也至关重要。何也？皆因令狐冲踢人一脚，还嘲笑云："屁股向后平沙落雁式！"主权遭到如此戏弄，焉能忍受？

墙里秋千墙外道

　　西门庆娶李瓶儿之前,与她偷过一段情。李瓶儿使丫鬟过来知会一声,西门庆便来到围墙前。两人是邻居,古时候大户人家的房子都有围墙,虽然不是很高,但要防范一些小毛贼还是绰绰有余。西门庆从小门过去,与之云雨一番,心满意得。但有时也不是很顺畅,门口被人堵住,潘金莲又善妒。西门庆为掩人耳目,便要抬出梯子,逾墙而过,好不快活。

　　围墙这东西,是阻碍,也是情趣。这取决于你的境况,像遇到《指环王》中的那种高入耸云、厚而坚固的军事墙,即使有天大的诱惑也只能望洋兴叹。不过,凡事有例外,特洛伊木马之所以被人津津乐道,那是因为特洛伊人出奇制胜，聪明地绕过高墙，直接从内部瓦解。海伦的绝色也一直被人传诵。若是没有木马记，那只能寄希望于能人异士。孟尝君被困于秦国，面对紧锁的城门，逃出升天靠得是什么？靠得是投秦王妃子所好和鸡鸣狗盗的小伎俩。若是放在男女情事方面，鸡鸣狗盗的小伎俩自然就是"潘驴邓小闲"中的"小"了。

中学时给女孩写信，首先要讨好的不是女孩，而是她的闺蜜。闺蜜是两人沟通的桥梁，传信，提供信息，善意的评价，不一而足。但闺蜜的作用远远不止如此。她的暧昧地位，保持了情人之间的神秘感。得不到，又充满了诱惑，这种情况就是百爪挠心，痒得上天入地。崔莺莺住在相国寺，靠谁与张生通消息，还是贴身丫鬟红娘。小时候看黄梅戏版的《西厢记》，红娘长得伶俐可爱，极其喜人。崔莺莺倒是因为久在闺房，有些愁眉不展——这也是大家小姐的传统形象。印象最深刻的还是，红娘拿着信笺，九转十八弯，躲过夫人的耳目，送递了消息。在长亭一别中，崔莺莺回忆起与张生在一起时的温存："腿儿相挨，脸儿相偎，手儿相携"，如此美艳场面，崔小姐在夜晚是少不了翻墙出去的。莎士比亚经典悲剧里，罗密欧与朱丽叶一见钟情，但两家又是世仇，阻碍多，最终还得偷偷摸摸，爬墙到苹果园里相见。这紧张又短暂的相会，既保持了爱情的新鲜度，也锻炼了两人的意志。一堵墙，造就了古今多少爱情和悲剧？

钱钟书把婚姻看做是一座围城，城外人想进来，城里人想冲出去。这样的论断，自然是有其道理的。在《窗》一文中，钱老引用一句妙文："父亲开了门，请进了物质上的丈夫（materielepoux），但是理想的爱人（ideal）总是从窗子出进的。"不难发现，两者之间是有因果逻辑关系。有一则小笑话与之相似，甲家有钱但人丑，乙家有貌但无财。问女想嫁谁？女云，最好是住在甲家，睡在乙家。人心到底不足，身体里的欲望，总是要被婚姻这座围城给框住。但铤而走险的人为数不少，得不到的往往最有魅力。有句俗语，"妻不如妾，妾不如妓，妓不如偷"，也可以说是"偷情圣经"了。周作人也说："文章是自己的好，老婆是别人的好。"正人君子尚可坚守阵地，情种们可管不了道德、法律、恶犬、高墙等阻碍，爽完了再说。伊丽莎白·阿伯特的《情妇史》，可算是翻墙史了。不管身份有多么高贵，遇上婚姻之外的情欲，总能迸发出令人侧目的力量。路易十四为了更好的偷情，给情妇们封了各种爵位。共商国事，也是春宵一度。

但也有彻底悲剧的,行百里者半九十,倒在墙角下的人极多。贾瑞对凤姐儿觊觎已久。凤姐儿果然是好手段,言语撩拨一番,贾瑞便在大冬夜里摸黑进了荣府,不料却成了关门之狗,面对四面大房墙,先是冻了一夜。第二次便没有这样的好运气了,从墙里落下了一桶尿粪。贾瑞自此相思成疾,丢了性命。脂砚斋批云:"可为偷情一戒",可见偷情也得有功夫和技术,不然得不偿失。贾瑞之猥琐、之落魄、之悲情,与穷酸书生无异。古时候上京赶考的书生,手里无银,只好借住在兰若寺。夜深人静时,难免春心涌动。聊斋中,多有狐女花神逾墙而入,投怀送抱。此种情形,虽看似浪漫,可实则悲哀。一夜春宵也不能消磨心底里的虚空。蒲松龄还是非常清醒,聊斋里有则故事,一书生夜宿兰若,夜晚与神女巫山云雨,好不惬意。第二天一早起来,却发现墙壁上瘫着一团虚白。原来昨晚书生自始至终是个右手郎君。

在现代婚姻制度之前,婚姻是一座真的围城。不过,圈住的是女人。那时的中国男人喜爱小脚女人,除了隐秘的欲望和变态的审美之外,自然是希望能更有效地管理女人,使她不能逾墙、不能外跑。但人无远虑必有近忧,所以家里的仆人们近水楼台,也好不畅快。在20世纪之前,欧洲男人把妻子视为财产。女人在法律地位上完全附庸于男人，没有财产权也没有其他的权利。女人的地位是男人赋予的，若是女人想要出逃，争取自己的法律权利，男人们可以把女人送进精神病院。原因为何？就是男人们怕女人的想法可能引起蝴蝶效应，造成婚姻制度的崩溃，以至于社会动荡。作为女性争取婚姻权利之先锋的伊丽莎白·帕卡德，就曾经被丈夫以精神不正常为由投进监狱。此事发生于1860年的北美，一言以蔽之，偷情的墙易爬，权利之墙难翻。

谈"色狼"

在中国古典文化里，狼的形象比较糟糕。大多数的时候，人们把它视为忘恩负义、恩将仇报的象征。在东郭先生与狼的故事里，好心、迂腐的东郭先生救治负伤的狼后，差点被狼吃掉。在《红楼梦》里贾迎春的判词，与中山狼有关："子系中山狼，得志便猖狂。金闺花柳质，一载赴黄粱。"这里的"中山狼"，指的就是迎春的丈夫孙绍祖。从判词可知，迎春的下场十分悲惨。

狼还是狡猾与邪恶的象征。它虽然不能言语，但却拥有超常的智慧。蒲松龄在《聊斋志异》中，写过好几个与狼有关的故事。其中一则，叫做《狼》，讲的是屠夫晚归遭遇两只狼跟随。它们以"假寐"等方法来欺骗屠夫，好在屠夫没有上当。还有一则叫做《梦狼》，讲的是一个老翁梦见当官的儿子变成了吃人不吐骨头的狼。

在中国文化里，狼虽是恶的象征，但并未和情欲、色欲产生密切的联系。把狼与情欲联系在一起，出现在《鹅妈妈故事集》中，法国诗人夏尔·佩罗对民间故事《外婆的故事》进行了改写。

"小红帽脱下衣服，爬到床上，看到外婆没有穿衣服的样子，她非常惊讶"，接下来便是非常隐晦而又令人脸红的对话。比如说，小红帽天真又好奇地追问，狼的手臂、耳朵、眼睛、牙齿"为什么这么大"。在《鹅妈妈故事集》没有出版之前，佩罗附在手稿中的插画里，小红帽与狼毫无遮掩地睡在一起。显而易见，这里处处充斥着情欲的暗示。

事实也是如此，夏尔讲述的小红帽故事，有着强烈的道德训诫之意。他希望当时的贵族女孩，不要轻易受到男人的欺骗，不要轻易地把贞操送出去。因为男人像"狼"一样，浑身充满了坏主意。直至今天，欧美还有俚语把女孩失去贞操形容为"她遇见野狼了"。（《百变小红帽》）

童话里暗藏的性意识，自然会随着文明的进步而逐渐淡薄。相对于夏尔·佩罗，格林兄弟进一步剔除了小红帽故事里令人不安的成分。不过，单单靠一则童话，狼要成为"色狼"，显然是"任重而道远"的。

16世纪左右的狼人传说，更像是梦魇一般，折磨着女人们。在1590年，有个叫做施图贝·佩特的狼人在德国受审。他犯了谋杀、吃人、强奸、乱伦等罪。从资料中看，施图贝·佩特也许就像是中世纪的女巫一样，备受担心受怕的邻居们之诬陷。但也可从这一判决中得知，狼人在16世纪欧洲人心中的形象是凶残的、贪婪的和淫乱的。

凯瑟琳·奥兰丝汀在《百变小红帽》一书中揭露，20世纪后期以来，随着电影、电视等媒体的兴起，小红帽的故事，不断地以新面目出现。在这个过程之中，不止是小红帽的形象发生变化（由纯粹的受害者变成主动、争取权利的斗争者），狼的形象也随之一变。在这些影视剧里，有的狼虽然还是不安好心，但已成为风度翩翩的求欢者。

从某种意义上来说，小红帽的故事，提供了一个经典的想像叙述模式。但"色狼"一词究竟是何时出现在中文报刊上的呢，不得而知。就我所知，古龙曾在《楚留香新传》中用过这个时髦的词汇。所以，"色狼"一词至少在上世纪60年代就已经风行。

如今,"色狼"已经逐渐被"老司机"所替代。文字嬗变的背后,其实是社会集体意识的深刻变化。

审美

刘慈欣的作品里所呈现出来的美学风格，很是恢弘、大气，颇具阳刚之气。他在小说里写到一个好玩的现象，说是往后的社会，男子气概会越来越匮乏。反言之，便是人类的审美越来越中性化。女人们看一个男人帅不帅，并不是看他肌肉有多发达、线条有多粗犷、力量有多强，而是看他脸蛋有多么俊俏、性格有多么温柔。

事实上，这种审美趋势的变迁，我们可以在日本漫画里找到佐证。三十年前的日本漫画，无一不是充满着力量型人物，像是卡卡罗特、健次郎等，他们都是肌肉线条分明的男人，具备着强悍的力量以及强烈的战斗精神和意志。而到了如今，我们去观察漫画里的主人公，无一不趋向于女性化，肌肉变少了，脸蛋俊俏了。一个明显的例子，富坚义博在《全职猎人》中塑造了一个酷拉皮卡——有着金黄色的过耳中短发、脸蛋美丽、穿着一件疑似长裙的衣服——令读者在很长一段时间里都在疑惑着酷拉皮卡的性别。与此相对应的是，三十年前的日本漫画里的男主人公往往是具备混混性格的，如不爱学习、爱打架、不守规则等，而到了现在则变成学习、体育、活动样样精通的全能人才。

小白在《镜子里面有妖精》一文中，对色情有一个精彩的定义："色情是廉耻观念的产物，廉耻是色情的边界，是色情的背景，也是色情的尺度，色情本身无法定义自己及，是贞洁观和廉耻感定义了色情"。我们在此略作延伸，便可发现，色情乃是道德的产物，乃是文明的产物——可见，性爱、裸体其实并无多少害处，而当我们脑海中有道德的律令、文明的教条之后，这些东西也随之变得肮脏不洁了。我们预设性爱、裸体会造成灾难性的后果，并以此来防范性爱、裸体的泛滥——可以说，小白的发现，对于我们理解男色审美变迁现象是至关重要的钥匙。

与色情相同，男色审美也是文明的产物。在中国古代，特别是在明清时期，崇尚男风是件非常时髦的事情。

在《金瓶梅》一书中，来自福建的官员，对于男风是有着本能式的喜爱，乃至于人们对于福建官员形成了一个刻板印象。不过，更为精彩的还是在吴敬梓的《儒林外史》。在小说第三十回，季苇萧因见杜慎卿爱男美，便说道观里有风流道士来霞。杜慎卿到道观里一看，那来霞道士却是个五十来岁、满脸络腮胡的肥胖男子。杜慎卿的遭遇一时成为儒林里的笑谈，但杜慎卿并不恼火季苇萧。为何？因为杜慎卿认为季苇萧"事做得还不俗"。可见，在当时男风是件雅事。雅，那就是有点文化的气息和味道了。

人有闲情，才会有时间和心情去欣赏"雅事"。根植于人之本性的欲望，经过道德和文明的洗礼，会逐渐规范化和理想化。比如说，在韩剧里，经常会出现这样的情节，两个英俊的男人付出一切地讨女主人公欢心。在这里，女主人公便是中心，地球都在围绕着她转。众星拱月的情景谁不喜欢？女人们可以在韩剧里得到最大的心理和生理上的满足。韩剧的男人们，是女观众们对审美对象理想化的结果。

男色审美的趋势，究其背后原因，私以为与社会发展有关系。一个社会的文明程度越高，人们的审美会变得越精细。所谓精细，便是越来越具备理想主义的色彩。试想一下，在农耕时代，最受欢迎的男性是什么样的？自然是能干活的。猪八戒最初能讨得高太公、高翠兰的欢心，是因为他长得五大三粗，干起活来堪比三个男人。而到了现代社会，体力优势被无限稀释。一个人的能力不再局限于体力上，而在于智力、修养、性格等方方面面上。工作不再靠体力，而是靠智力。所以，在精细化的现代社会里，也就不难理解粗人会受到冷落了。

而男人们的角色，也不像是在传统社会里，扮演着强权和权威的角色，不可侵犯与不可亵玩。作为一个审美对象，男人们也要为女性"袒胸露乳"。彭于晏在《黄飞鸿之英雄有梦》不但大秀身材，还"湿身"无数次。所以，最能体现男女平等的，是在审美的权力和尺度上。

审判

　　莎朗斯通在《本能》(Basic Instinct)这部电影里,极致张扬,把自己的性魅力展露无遗。电影最精彩的一幕发生在警察局里。莎朗斯通所饰演的凯瑟琳是位作家,因一宗命案而成为嫌疑犯。在审讯室里,凯瑟琳面对着五位中年男人。审讯一开始,凯瑟琳便以小动作来消解警察的权威。胖检察官说,这里不能抽烟。凯瑟琳反问道,难道你们想告我抽烟?当抽烟行为得到检察官们认可的时候,我们知道,这场审判的性质已经悄然发生了质变。它不再是检察官与嫌疑犯之间的较量,而是中年男人们与性感女人之间的较量。

　　果然,接下来的情节证明了此点。中年男人们像是一群窥私欲望极其强烈的变态狂,斤斤计较于凯瑟琳的性爱细节。而凯瑟琳则有意识地配合这群饥饿的男人,她娴熟而刻意地换着各种坐姿——她并未穿内衣,在此过程之中,有意无意地露出了隐秘之所在。此时,男人已经被她掌控,比如胖检察官额头上便冒出了冷汗。审讯变成了一场暧昧的情欲行为,本能的欲望消弭着权威与秩序。可想而知,此次审判并无结果。值得一提的是,这段情节后来被香港电影人所"致敬"。在《逃学威龙之龙过鸡年》中,梅艳芳扮演着莎朗斯通的角色。同样是在警察局,同样是没有穿内衣,香港电影人却是以无厘头的方式来演绎。消解权威的人反而被消解,这就是世界,每时每刻都在跟你开着玩笑。

　　审判与情欲之间的暧昧关系,向来被人所津津乐道。审判,是权力的代表,是秩序的需要。而情欲,却是野蛮生长的代表。两者的关系极具张力。王小波对这样的关系很是痴迷,随便翻开他的一本小说,就能发现审判过程之中的情欲。在《黄金时代》中,军代表不厌其烦地要王二交代偷情的细节;在《革命时期的爱情》中,团支书陈X鹰与王二的关系;在《似水流年》中,小史与阿兰的爱情,无一不是在审判的过程中完成的。特别是小史与阿兰，一个是同性恋，一个普通男人，通过审判却使得两人的关系得以升华。

通过分析，我们不难发现，不论出于哪种理由，审判都是一种包含绝对权力的行为，它要求被审判者服从和剖白。譬如说，一个人因偷了一样小东西而被捉到，他因此被带到审讯室。在一对一的审判之中，小偷很容易产生一种错觉，在这个审讯体系之中我是缺一不可的。而审判者，大概时能享受到戴宗所谓的处置"行货"的快感。《聊斋》卷一中有一个险恶的故事，名叫《犬奸》，讲的是一商人妇因丈夫被家犬咬死，而被官差捉去。周边群众因听到犬奸之奇闻异事，想看人狗相交，便贿赂了衙役。此时，我们发现审判的权力已经泛滥成灾，变成面目可憎的一场闹剧。

中国古代的审讯手段层出不穷，工具也五花八门。他们用摧毁人身体的行为，来维护系统的权威。无疑，有身体的地方，就会有春色。香港电影人很敏锐地发现了这一点，在《满清十大酷刑》之中，翁虹所饰演的小白菜，因人陷害而被抓进衙门——自然，等待着小白菜的是屈打成招，是打屁股。森严的衙门里，一群男人们，在一本正经地审判着犯人，而小白菜洁白丰满的屁股，却泄露了审讯的性质——这是一场披着审讯外衣的情色游戏。坐在高堂之上的男人们越是一本正经，我们便会觉得这审讯越荒诞可笑。小白菜凄惨的叫声哭声，反而有点日本成人电影的味道，我们虽然知道她很凄惨，却从来不会去同情，反而因为她那裸露的一点春色而雀跃不已。若说《满清十大酷刑》还带有审判的意味，那么日本电影《花与蛇》则完完全全地把审判打造成情欲游戏，审判行为也从公众走进了卧室，变成极其私密的爱欲。

福柯在《疯癫与文明》中表明，疯癫不再属于自然秩序，也不属于原始堕落，而是属于一种新秩序。换言之，疯癫是被文明所定义的，它是一种现代病。福柯向来推崇身体的力量，也力主个人对自己的身体拥有绝对的掌控权。可事与愿违，随着现代审判系统的成熟和日趋周密，身体已经变得身不由己——情欲会被系统规范化，极端的情况可举个《1984》的例子，做爱都会是一项国家计划。幸运的是这极端的例子只出现在小说中，不幸的是这极有可能变成现实。

生命获得大和谐

  小时候无书可看，随便找到一本什么书，都会如饥似渴。三四年级时，读过一本《贵妃艳史》。顾名思义，这本书讲的是杨贵妃的情感生活。这本书比较杂糅，除了杨贵妃之外，还有一条颇为有趣的线索，便是江湖侠客。少侠女侠——名字忘记了，只模糊得记得少侠姓陈——两人一直结伴闯荡江湖，恪守江湖规矩，从未越轨一步。直到一天，两人遭受了恶势力的追杀，逃至一个山洞里。外面风雨如晦，两人被雨水淋湿了衣服。山洞里生起了火堆，烤干了衣服也烤热了心，郎情妾意，水到渠成，第二天一早起来，两人神态便大不同，变得如漆似胶。《贵妃艳史》里描写杨贵妃的美艳之处颇多，与李隆基等人的事体，皆不及山洞里的情事令人印象深刻。如今想起，作者对女侠的描写，是朦朦胧胧的，火光中慢慢卸下了身上的衣衫，露出了美丽的胴体……

"胴体"一词，极富情色意味。年少时，不懂世事，联想能力极强。一具"胴体"能想到隐隐约约发着光泽的裸体，算是最初的性启蒙。古龙写江湖事，有酒有肉有女人。写女人，无一不是有一双修长的美腿，一具诱人的胴体，写得情欲喷薄欲出，能满足读者的本能需求。很久之前，读过一则古龙逸事，云古龙写作前，必要跟风尘女子睡上一觉。此事不知真假，不过古龙写风尘女子写得好倒是真的。青楼女子，都有一身媚骨，让人心情回荡。如傅红雪与烟花女子翠浓的爱情，很是令人泫然。两人肌肤相亲之时，正值傅红雪在人生低谷，所以情欲写得天昏地暗。不过，古龙写得最好的还是江湖女子，有侠气。在《萧十一郎》里，风四娘出场就是在房间里洗澡，露出半个酥胸，一群浪荡子趴在窗户上偷看。风四娘丝毫不为所动。这样香艳的场景，除了吸引读者之外，大概就是能满足作者的猎艳之心吧。古龙写情欲，视角完全是浪子的，是中年男人的。一时之间能让人血脉喷张，但回味不多。

在写情事方面，古龙不如金庸。金庸的小说里很少写赤裸裸的情欲，尺度最大的场面也只是段誉与木婉清在石室里，两人被段延庆下了催情药，春心涌动，但毕竟限于人伦，两人咬牙苦苦坚持，最终还是没有做出苟且之事。甄志丙——旧版作尹志平——玷污小龙女，也未见多少的色欲。小龙女还是那冰冷美人。段誉一路跟随王语嫣，只见过她白皙的背。狄云与水笙共处一个山洞，火也生了，但始终离得有十步之远。这样暧昧的情事，最能撩拨人心，令人感慨万千。所以，读金庸的小说，一见木婉清、李文秀等明媚的女子，心中便有不忍。少年心事，最是令人神伤。金庸喜欢《红楼梦》，他笔下的少年少女们，是着了大观园的痕迹的。段誉的情痴，与贾宝玉如出一辙。所以，金庸写少年心事，极为精彩。但这并不代表金庸不会写成年人的情欲。金庸只是没有像古龙那样直接、赤裸。且举一例，马夫人媚压群芳，丐帮大会上是所有男人目光聚焦所在。她之所以要摧毁萧峰，那是因为萧峰未正眼瞧她。萧峰在《天龙八部》里英雄神武，犹如天人。但即使是这样，萧峰伏在屋外听段正淳与马夫人的情话，还是心中不由一凛，也不禁感叹马夫人的厉害。为何？萧峰何等人物，马夫人竟然能让他动了情欲。可见马夫人之妖媚，断然不是一般男人能抵挡得了。这样的描写，真是字字见血，令人心中激荡。

"情欲"一词，可供把玩之处甚多。像古龙偏于欲，金庸侧重于情，是先情后欲，还是先欲后情，或者是且情且欲，还得看当时情况。西门庆与潘金莲之间的欲望，是激烈而张扬的，吃春药、葡萄园、夜夜笙歌，两人的行为看似是为了满足动物本能般的欲望，但终究还是有情的。潘金莲曾经为西门庆守过身长达三个月，可见潘金莲并非是人尽可夫。不过，自进了西门家的门之后，女人们的竞争实在是太过激烈，潘金莲这才变成了一个时时刻刻需要男人来满足虚空的人物——这种行为，说到底还是心里没有安全感。《金瓶梅》里的情欲描写，其实还算健康，没有出现过分的渲染和艺术化处理，它只是相当忠实地描绘了日常世界里的情欲。兰陵笑笑生的写实风格是相当可贵的，要知道在明末可是色情书籍蔚然成风，不加点情色描写对销路是非常不利的。我曾经收过几本明末情色小说，里面的描写当真是想象力丰富，场面恢弘，采阴补阳，得以升天——场面敏感，不便于描写。

关于采阴补阳，倒是有个小笑话可以佐证：皇宫里宫女们个个病恹恹的，无精打采。皇上叫太医开药，太医遂写上，精壮男子十名。十日之后，皇上见墙角倒着十名瘦骨嶙峋的老人，便问太监。太监答道，那是药渣。

笑话固然能令人一乐，但也指明了一个事实，情欲是必须的，但同时又是危险的。与身体欲望挂上勾的，往往会变成坏事一桩。或成为道德攻击的目标，或成为犯罪的源头——作家在描写情欲时，往往最能体现功力。差一点的作家，以情色作为卖点，一步一步吸引读者走进色情世界。天涯情感板块中，此类帖子甚多，无非就是与嫂子、与小姨子、与女上司等几段情缘，小小地突破禁忌和人伦，满足所有的猎奇。再好一点的，色情是点缀，像古龙。再好一点，便是发于情止于礼了，金庸写的少年情事，带着天真烂漫的情欲，感人至深。再进一步，就是色情的艺术，它令人迷惑也令人沉迷。此类好作品甚多，像经典的《洛丽塔》《情人》等。

不过，鉴于情色描写风险过大，或许我们可以像梁羽生学习，一笔带过了之："两人获得了生命中的大和谐！"

逃

法国人的浪漫天下皆知，周星驰在《92家有喜事》中便以"巴黎埃菲尔铁塔"法式深吻，征服了张曼玉。不过，即使法国人浪漫如斯，到底还是有吃不消的时候。法国有部叫《致命的女性》的老电影，情节非常有意思：中年妇科医生整日为妇女服务，检查私处，解决问题，长久以往，得了性冷淡，落了个心理疾病。最终，他再也无法忍受这样的工作和生活，果断地脱了白大褂，一个人茫然无绪地逃在大路上。与阿甘一样，最初只是他一个人走，可随着时间推移，聚集在他身边的男人越来越多，俨然成为了一支大军。他们是逃离日常生活的军队——目的地在哪里，并不是这支军队所关注的焦点。事实上，他们只是享受"逃"在路上的状态。而发现男人逃跑的女人们又将如何应对呢？不过，这是后话了，等会儿再说。

"逃"算得上是文学里的经典主题了。小孩子长到十三四岁，遇上了叛逆期，就会觉得家里、学校哪里都不好，没有自由，离家出走也是常见的情况。以弗洛伊德的观点来看，人都是有俄狄浦斯情结的，对父亲都隐藏着杀意。一方面这是为了争夺母亲的资源所需，另一方面则是父亲这个角色则代表着秩序和权威。人的成长其实是个不断地融入秩序的过程，并从中找到属于自己的位置。秩序本身就是个权威，是法律、道德、世俗、人情、欲望等所构筑的一张大网。人逃离了这张网，必然会落入到另外一张网中去。古龙写恶人，写得令人毛骨悚然，但他们聚在一起，还是要某种东西来维护他们之间的关系。恶人谷便是极好了例子。像李大嘴、屠娇娇等一众人为了逃避江湖仇杀，便逃到了恶人谷。十大恶人聚在一起，各自圈定势力范围，遵守拟定的规则，方能保持恶人谷本身的稳定性，也才能让十大恶人抱团取暖。换一句话来说，弑父这个冲动之所以没有真正实现，那是因为文明把它给压制了。但它只是潜伏在心底，并没有消除，这团能量总得发泄出去，怎么办呢，只好选择更温和的反抗方式——"逃离"便是很好的选择和方法。

诺贝尔文学奖得主爱丽丝·门罗对"逃离"这个主题很是痴迷。在《逃离》一文中,她塑造了一个家庭妇女,因不堪丈夫的家庭暴力和沉闷的生活,选择了一次"冲动"的逃离。卡拉几乎什么也没有准备,也不知道自己要到哪里去。她只是想逃离家庭环境——等到她一切都准备好,乘上了客车,脑海中却唤起了对未来的恐惧:不知道如何在温哥华生活下去。卡拉最终灰头土脸地回到了家。她的丈夫为了惩罚她的背叛,杀死了一只温顺的山羊。在门罗的小说里,生活的沉重是不可避免的。但人也只能忍受,在《逃离》的结尾,卡拉"她抵抗着那样的诱惑"。什么样的诱惑,自然是逃离的欲望和探索生活真相的野心。

无论是什么人,想要逃离生活,或者逃离某种秩序,终究还是躲不过鲁迅的追问:"娜拉出走后怎样?"鲁迅的回答,颇为贴近现实,娜拉是要挣钱,是要生活的。简直言之,娜拉是需要融入另外一种生活中去。而张爱玲的回答,便幽默得多,充满了小说家的机巧与反讽。在《走!走到楼上去》一文中,投靠亲戚的人,因与亲戚闹翻,一时气不过便说要走!妻儿问,走到哪儿去?那人道，走，走到楼上去。一副愤懑而又可怜的形象便跃然纸面了。所以，对于处境困难的人来说，楼上未必不是一个好去处，可以避开生活里一时的锋芒，给自己喘息的机会。项羽兵败之时，部下劝他过江东，以图再举。可项羽自觉大势已去，逃无可逃，毕竟不是谁都是厄普代克笔下的那只兔子，逃了回，回了富，富了安息，兜兜转转四部曲。

话回到《致命的女性》中来，女人发现男人逃跑之后，很快便商量出对策，组织起军队，开起坦克，一路追绞男人。女人们建立起集中营，被俘虏的男人被送到那边，充当——性奴隶！医生被俘之后，被折磨得死去活来，差点就"精尽人亡"。医生千辛万苦地从集中营里逃跑出来，兜兜转转来到一座山，最后才发现，这座山竟然是硕大无比的女性生殖器。

生活真是一个巨大的玩笑。

捉住她的脚

在电影《灰姑娘》(Cinderella, 2015)中,有一个有趣的细节:王子与灰姑娘在舞会上大展光彩,吸引了众人的目光。一曲终了,两人找准了机会,离开了舞池。他们穿过宫殿的走廊,直奔后花园。在秋千下的长椅上,两人互诉相思之苦。忽然,王子半跪,轻轻地捉住了灰姑娘的脚。及至午夜将近,灰姑娘仓促逃离,不慎掉下一只水晶鞋,恰好被王子拾到。

捉住她的脚,是个极为明显的隐喻。这个举动说明两人的关系跨越了柏拉图,从灵魂升华到肉欲。他们在仓促之间,完成了一次冒险的情欲。王子深深沉迷在这情欲的游戏之中,所以他一定要大费周章地找到灰姑娘。灰姑娘是他的爱恋，也是他缥缈的、完美的情欲。

两人情欲的释放，并非是突如其来，而是经过长久的铺垫。从森林里邂逅到舞会里大出风头，一系列的情节，都是为了释放情欲而准备。事实上，《灰姑娘》电影的高潮是在舞会上，而并非在后花园里。灰姑娘实现了她的梦想，同时也在众目睽睽之中，宣示了自己的爱情。

通过跳舞来表达情欲，这是脚令人欲罢不能的功能之一。在《谈跳舞》一文中，张爱玲有句妙语："跳舞是'脚谈'，本来比麻将、扑克只有好，因为比较基本，是最无妨的两性接触。"所谓的"脚谈"，是相对于"谈话"而言的。恋人之间，不管怎么样的谈话，最终还是要从思想抵达肉体。专注于身体接触的跳舞，显然是更加直接明了。

不能忽视之处，还有舞会。不管是在哪个时代，舞会都具备着社交的功能。它连接着寂寞的男女，点燃着炙热的欲火。舞会的源头，是古代的祭祀。放声高歌，祭祀神灵，这是多么神圣的事情。所以，不管是小众的家庭舞会，还是盛大的嘉年华，从策划之初，就具备了公共性质。

公共场所是情欲的天敌。所以，后花园便显得如此重要。它那半遮掩的场所，几乎是私人的空间，是释放情欲的最佳场所。

王子和灰姑娘从舞会跑到后花园,揭示了恋爱的规律:所有的爱情,都不可避免地从公共场所走向私密场所。也只有在私密场所里,两人才能肆无忌惮地释放炙热的情欲。

这个观点,在电影《教父》中可以得到佐证:桑尼在妹妹的婚礼上,勾搭一名妇女。两人趁着婚礼的混乱,偷偷摸摸地上了阁楼,靠在门后,大干其事。两人正在兴头上,却不料被人打断。情欲得不到满足的桑尼,只得怒捶大门,以发泄不满。

桑尼的遭遇,几乎是必然的,因为当时婚宴并未结束。在这公共场合里,两人没有耐心去一个真正的隐秘场所,活该被人打断!

显然,"捉脚"是表达爱欲的一种方式。它不仅仅出现在《灰姑娘》里,还出现在众多的文学作品中。

在《倚天屠龙记》里,金庸写了一个令人印象深刻的情节:张无忌率领明教众人来到绿柳山庄,探寻各派人马的消息,却不料中了赵敏的计,落入陷阱之中。张无忌一时脱身不得,便捉起赵敏的脚,运起九阳神功,施之"笑刑"。赵敏抵挡不过，便打开了机关。

张无忌的"笑刑"，充满了情色意味，场面甚是香艳。且看金庸描述："张无忌拿起罗袜，一手便握住她左足，刚才一心脱困，意无别念，这时一碰到她温腻柔软的足踝，心中不禁一荡。赵敏将脚一缩，羞得满面通红，幸好黑暗中张无忌也没瞧见，她一声不响地自行穿好鞋袜，在这一霎时之间，心中起了异样的感觉，似乎只想他再来摸一摸自己的脚。"赵敏最终得与张无忌白头偕老，捉脚的情意定然是发挥了很大的作用。

情欲根源于身体，而脚作为身体的一部分，对它进行审美，是"局部征服整体"。局部的情欲，往往更能唤起人们完整的情欲。

明清时期士大夫钟爱三寸金莲，是一种集体的恋足癖，也是文化上的变态。据说，晚清文人辜鸿铭极其喜爱金莲小脚，每晚必要捉住爱妾的小脚，久久摩挲，方能入睡。西门庆在武大家与潘金莲吃酒，故意把筷子往地下一掉，俯身去捡，见了潘金莲的三寸金莲，不禁情欲勃发，捉住了金莲的脚，揣入怀中。

"捉住她的脚"，并非是孤立存在的，而是情欲系统里的一部分。它之所以令人念念不忘，那是因为暧昧得恰到好处：既能满足情欲的想象，又离肉欲只有一步之遥。换言之，退可守，进可攻，境地完美。

作为情色王国的日本，早就总结出最有效的情欲满足方式：奔跑的女孩，飞扬起的短裙，若隐若现的内裤；过膝黑色的丝袜；轻轻晃动的胸；轻轻挑起来的脚。除了胸部，他们满足情欲的对象，几乎都集中于下半身，或者更进一步，集中于腿上。

相对于身体的其他部位，脚似乎具备着更多的情色意味。它不单是行走的工具，更是传递性信息的媒介。在《吊起身子提起腿》一文中，小白提出这样的观点："从下往上看，不仅是视觉的延伸，也是想象力的伸展……也许是对性感地带的不断扩展。"

换而言之，对腿进行审美，隐含着冒险的意味。脚又处于腿部的最底端，是冒险的起点。捉住她的脚，是终于鼓起勇气，开启冒险的旅程。在程小莹的小说《女红》中，马跃和北风在卧室里缠绒线，两人虽怀揣着一个心思，却难以捅破那层薄纸。真是令人焦急万分，如果马跃趁机捉住北风的脚，岂不是水到渠成？

所以，对于许多爱情未满的恋人来说，捉脚是行动的契机，也是推动恋情向前发展的关键。

人人都爱触手

若是看过周星驰导演的新片《美人鱼》,那名目光呆萌的大胡子肯定给你留下了深刻的印象。罗志祥饰演的章鱼"八哥"送装着武器的书包给美人鱼"珊珊"时,把自己的触手藏于芒草丛中,以隐藏自己人鱼一族的身份。岂不料大胡子眼尖,见到了草丛中蠕动的触手,仿佛见了春光无限,倍感"兴奋"。考虑到《美人鱼》里有较多的"污"台词,这个情节便显得异常的耐人寻味。

对触手情有独钟,自然不仅仅只有电影中的"大胡子"。事实上,蠕动、柔软的章鱼触手在艺术家大受欢迎。许多知名画家们,通过它来发泄自己那隐秘的欲望。那八只沾满了体液、带着温暖海水气息的肢体,绕过了鱿筹交错的餐桌，像邪恶的手一样缠在了赤裸的肉体上。从平淡无奇的"食物"跨越到令人面红耳赤的"情欲对象"，着实说得上是"饱暖思淫欲"的最佳注脚。

最早把章鱼当作是情欲对象的是日本浮世绘的画家们。在日本江户时代（1603～1867），浮世绘几乎随处可见——在妓院里更是必不可少。为了吸引和留住客人，妓女们在闺房里装饰了春意绵绵的图画。虽然大多数客人的欲望是常态性的，但也保不准有那么一批"贵客"喜好超乎寻常，偏好"变态"。所以，口味畸重的春画，也是有一定的市场。以《富岳三十六景》闻名于世的画家葛饰北斋，尤其擅长绘制畸形的欲望。章鱼在他的画笔下，成为令人恐惧又充满力量的情欲对象。

在一幅名叫做《渔妇的梦》的画里，一大一小的章鱼，趴在渔妇的身上。巨大的章鱼，瞪着乌黑的大眼睛，趴在赤裸着身体的渔妇身上。这只令人恐惧的章鱼，仿佛是一名好色男子，贪婪地吸吮着渔妇身体里的一切。另一只章鱼，则把触手伸进渔妇的嘴里——她轻轻地咬着手指，一脸酡然，似醒非醒。也许是丈夫出海已久的缘故，渔妇沉溺在这危险的愉悦之中。

这是一场噩梦，也是一番春梦。潜藏于内心深处的欲望,在梦中才能得到一丝的满足。这名青春年少的渔妇,平日里的生活,想必是异常的孤独。不过,这里的章鱼,毕竟还只是出现在梦境中,只是填补一下内心的空白。

葛饰北斋笔下的章鱼,则是男人的隐秘欲望的象征。女人享受着这愉悦,大概是男人自作多情的想象。不过,大家千万不要忘记了有个成语叫做"欲壑难填",因为人的愉悦阈值会随着刺激幅度而大幅提高。换言之,下一次想要享受这样的愉悦,只能更加"重口味"了。自己化身为章鱼不够过瘾,那么征服章鱼女人呢?葛饰北斋画笔下没有出现的场景,在佐伯俊男画中实现了:一名青年男子和章鱼女子忘情地交欢呢。

章鱼幻化成妖怪,在中国妖怪文化里是没有的。中国的美丽女妖,大多是狐狸、花木、鱼和蛇之属所幻化,可见妖怪的原型都是生活中常见的物件。日本人对章鱼情有独钟,原因是他们生活于岛国,四面皆是海水。日常生活的物资靠海洋的馈赠,但另一方面,海洋又是喜怒无常,威力无穷。它能引发地震、海啸、龙卷风等自然灾害,人在其面前,又显得极其脆弱和无能。人对于自己无法理解的事务,往往会神话之,然后以敬畏之心相对——仿佛是仆人——为的便是寻找生活中恒定的依靠和安全感。所以，在日本神话里，章鱼是海洋力量的象征，扮演着一个算不上光彩的角色。在哥川国芳的《龙宫玉取姬之图》中，章鱼正是龙宫里虾兵蟹将中的一员。它漂浮在海浪之中，极力地追杀着玉取姬。而玉取姬入龙宫盗珠的传说，正是后世触手情欲的滥觞。

古人们理解世界的形成，大多是从性的角度来完成的。这个观点，可以从各国的神话里得到佐证。日本人认为，日本大大小小的岛屿，皆是伊岐那支命与伊岐那美命所生（他们既然是兄妹，也是夫妻），中国亦有伏羲女娲成婚繁衍人类之说，更不要说是古希腊罗马神话故事了。众神的生活，就是不停地寻找情人，满足自身的情欲。在刚发现美洲那段时间里，欧洲殖民者常常把进入美洲形容成：巨大的阳具插入那块肥沃的土地。

一望无垠的海洋，常常被人视为母亲一般的存在。她丰盈、充沛，有时候温柔，有时候却暴戾无比。人类对海洋的恐惧，可以在众多海怪中略窥一二，像是人鱼、龙王、巨蟒等。这些海怪的存在，乃是先人们理解世界的方式。因为"在中世纪罗马教会眼中，大海与它的常住客与各种罪行脱不了关系，尤其是肉欲之罪"。(《怪物考·人鱼》)

和触手密切相关的海妖，是希腊神话里的女妖美杜莎。她因为貌美而招致雅典娜的诅咒，乌黑的头发变成了蠕动的毒蛇。若是有人注视了她的眼睛，便会成为了一座石头。不过，即使美杜莎如此凶险，仍有许多青年男子及为之神魂颠倒——这危险的愉悦，即使让人丢了性命，也是在所不辞的。

蛇与情欲的关系，向来是剪不断理还乱。美杜莎浓密的蛇发，或可理解成女人炙热而丰盛的情欲。一直以来，男人们对女人的情欲，几乎都是抱着左右摇摆的矛盾心情。一方面想要享受极致的愉悦，一方面又怕这欲望破坏社会秩序。美杜莎亦是此种心理的产物。

在世界的范围内，触手几乎是邪恶、令人恐惧的存在。它们那蠕动的触手，深深地冒犯着人们。章鱼、乌贼的触手，被弗洛伊德视为生殖器的象征。而章鱼等的生殖器生长在触手里，更是坐实了此种观点，故而触手的危险性，其实是体现在它们那令人恐惧的性能力和生殖能量——生殖能力越是强大，其破坏力也是越强大。比如漫画里的章鱼博士，依靠自己庞大的力量，大肆破坏着城市。

不过，并非所有的触手都是邪恶的。在动漫《侵略！

乌贼娘》里，来自海底世界的乌贼娘，是一名人见人爱的萝莉。她拥有伸缩自如的触手，但性情却极为呆萌。虽然嘴里要说征服人类世界，却也喜欢和人类生活在一起。她的侵略行为，便成为了一种日常生活里的"惊喜"与"笑料"。瞧，乌贼娘便是一名人畜无害的"美杜莎"。而在近期大火的《暗杀教室》里，触手章鱼怪更是成为了一名受人尊敬的教师。

可见，人们也在逐渐把触手当作是审美的对象。

从性心理学来看，对触手的迷恋，其实是恋兽癖的一种表现。在现代世界的伦理道德体系之中，恋兽的行为，是受人所唾弃，甚至要受到法律的惩罚。但在先古时代，恋兽癖、兽奸行为其实是司空见惯的。在古罗马时期、欧洲中世纪等时代，诞生了许多半人半神的怪物，像是人鱼、人马等、在这些怪物里，我们可以得出一个简单明了的结论：这些想象中的怪物，必然是受到了某些"习俗"的启发或影响。不过，好在文明的进程便是逐步剔除了人类身上的动物性和野蛮的一面。

话又说回来，葛饰北斋、佐伯俊雄等的画作，若是从恋兽癖角度去理解，实在是过于狭隘。情欲的对象，从人类变成章鱼，其实是对崇高的亵渎，是对秩序的解构。而这股"亵渎"的力量,正在冲击着人们的心灵。神话里能开天辟地的性,在这里变成了可供把玩、可以"亵渎"的游戏了。

破坏的力量,也往往自"亵渎"行为里诞生。

圣僧要不要

一

智通寺的大师父,是远近闻名的高僧,佛学修为精深。这一年春天,寺庙忽然来了位大官人,带着亲眷来寺里礼佛,气势颇壮。寺里不敢怠慢,大师父慌忙出来迎迓承奉。春光骀荡闻啼鸟,一位年轻的女施主眉眼舒展,处处惊奇。大师父立在一旁,望着小鹿般的女施主,心里欢欣。

黄昏将至,大官人领着女施主离去。大师父送至寺门,见倩影渐去渐远,不免一阵惆怅,久久才回寺。大师父晓得自己犯了戒,唯有勤打坐参禅,方能消了业。日子照常,岁月流转,来到了苦夏。大师父在禅房里打坐,忽然起了一阵风,吹开了窗。大师父起身关窗——瞧见了街道对面的阁楼上,有位女子正在对镜梳妆。细细瞧去,女子似乎就是春天里的女施主,只是脸上多了些愁云。大师父怔了一回,赶紧关了门。心里虽晓得是罪过,可也禁不住想多看几眼那女子,凭窗而望,怕是对女施主不敬。

大师父吩咐小沙弥往市集买面铜镜。小沙弥应了,不一时便带了面明月般的铜镜回来。大师父把铜镜放置在桌前,正对着窗台。那女子梳妆打扮、玩耍嬉闹,大师父悉数瞧得真切。过了十月光景,女子肚子震动,诞下一名婴儿。那婴儿长得甚是丑陋,只是眉眼间隐约可见大师父的模样。时人以为怪胎。

这一则小故事,乃是从嘉峪关城楼戏台上的壁画《和尚窥女图》敷衍而来。和尚手中的铜镜,无疑是一面"风月宝鉴",承载着他隐秘而又炙热的情欲。森严的佛门戒律,让他采取迂回的方式表达爱意。可以看出,这面"风月宝鉴"与贾瑞手中的有所不同,它并没有停留在充满劝诫意味的幻境里,而是照进了现实与日常,照见和尚与少妇之间颇为耐人寻味的关系:是和尚野蛮胁迫,还是两情相悦的私情?抑或,是更加曲折离奇、可歌可泣的爱情呢?

僧侣、尼姑的情感与爱欲，乃是明末文人喜欢书写的主题。在其他文本里，我们也许能找到答案，从而一窥和尚与女子的关系。冯梦龙在《明悟禅师赶五戒》中，写到一个"形容古怪、左边瞽一目，身不满五尺"的五戒禅师，在他年近半百时的一个炎热六月，忽然想起十六年前被抛弃在禅寺山门前雪地里的女婴红莲。红莲被僧人清一偷偷在寺内抚养成人，年满十六，长得清清秀秀，只不过平日男孩打扮，看上去像是小头陀。"长老一见红莲，一时差讹了念头，邪念遂起"，用十两银子和"讨道度牒"来收买道人清一。当晚二更，红莲被送往五戒禅师的房间里。"教红莲脱了衣服，长老向前一搂，搂在怀中，抱上床去。"五戒禅师自此把红莲藏在衣橱中，沉溺于色欲，后经明悟禅师点拨，"面皮红一回，青一回"，坐化而去。

在五戒禅师与红莲的关系中，红莲完全处于被动的状态。养父清一虽有心想替她找个夫婿，给自己养老送终，面对着五戒禅师的糖衣炮弹，他似乎并无多少选择的余地，毕竟依赖寺院生活。至于红莲，仿佛她生来就要成为五戒禅师修行的一道"劫难"，好在结局看起来不错，嫁给了做扇子的刘待诏为妻。五戒禅师化去之后，清一的度牒自然也没有到手，余生跟着红莲一家生活。中国古典小说的好处，人物的去处与命运，或多或少都交待一笔，不会完全让他们悬宕在半空之中。颇让人遗憾的地方则是，日常生活的幽微、皱褶却常常留白，如红莲婚后的生活，"坏了身子"是否会成为她与丈夫之间的间隙，丈夫内心深处是否有过疑虑？

有趣的是，几乎在同一模板故事的《月明和尚度柳翠》中，红莲成为出击者，禅师变成受害者。府尹柳宣教到任临安，地方官吏、乡绅、耆老、僧道等有头有脸都来迎接，独缺水月寺竹林峰的主持玉通禅师。柳府尹遂心怀忌恨，于是派营妓吴红莲前去勾引玉通禅师。在十二月的一个夜晚，红莲披重孝，扮成未亡人，借口天色已晚，住进水月寺。红莲借口"寺中冷静"，得以进入玉通禅师的禅房。在她三番五次的逗引之下，玉通禅师不慎"动了禅心"。当下，两相欢洽，坠入魔道。禅师因而坐化，进而转生为柳府尹的女儿，名叫柳翠翠。及长，家道中落，历经挫折，先为杨孔目小妾，再为邹主事外宅，再自甘堕落入了风尘，最后遇月明和尚度化，坐化而去，脱离了苦海。

高濂所著杂剧《玉簪记》的新奇之处，在于讲述了年轻道姑与书生的爱情。落难小姐陈妙常虽入空门，内心则是"暗想分中恩爱，月下姻缘"。她与潘必正的爱情以及审美趣味，其实并未跳出才子佳人的窠白。真正的突破在冯惟敏的杂剧《僧尼共犯》里，这是一个大胆的、充满世俗意趣的喜剧故事。僧人明进和尼姑惠朗，正青春年少，无奈空门寂寞。在故事开场，明进率先表达了对清规戒律的不满："佛公佛母，辈辈相传，生长佛子。哄俺做弟子，都做光棍，一世没个老婆，怎生度日？寻思起来，是好不平之事也。"少女惠朗则以诗明志："福地无闲事，空门亦有春。此地原不死，飞梦落花尘。"在一个寂寞如水的夜晚，明进敲开了尼姑庵之门，两人卿卿我我，互诉心肠，情之所至，不由上禅床，结好缘。不料，黄雀在后，邻居街坊暗中偷取，两人私情败露，明进与惠朗被扭送至衙门，在"僧尼犯奸，律有明条"的情况下，命运悬于一线，"只怕送了残生"。好在经过老吏斡旋，两人通过贿赂，获得了明如水清如镜的县官的从轻发落，判了个"杖断还俗"。从"送了残生"，变成了结成佳偶，命运突然有了转机，狂喜的心情充斥着明进、惠朗的内心，"是好快乐也呵"。两人抑制不住的笑意与狂喜，如在眼前。

年轻人容易被爱的激情眩晕了头脑，却不知道真正的考验却在未来。当爱的激情消弭后,面对着日常的琐碎与惯性,是否还有勇气和耐心去坚持?

二

繁衍生殖是人类最根本的欲望之一,同时也是社会得以发展的动力。五戒之中,唯有邪淫,不仅受到社会道德与律法的约束,还要与人的原始欲望作斗争。换言之,色戒其实是背离了自然人性。其他四戒,普通人只要恪守道德、遵守法律,即可达成。

情欲的尴尬之处,在于它的无理性。承载着欲望的肉体,仿佛是一座活跃、冒着热气的火山,随时都有喷发的危险。轻则灼伤自我,重则家破国亡。情欲既是极其私密的个人私事,又是规模宏大的国家大事;既是极其私人的身体体验,又是声势浩荡的公共事务。炽热的情欲,烧得人头昏脑涨,行事失去了理智。本能的力量就是如此可怕,能摧毁已经建立起来的一切。对于秩序而言,情欲是潜在的威胁,是破坏之力,可能带来无尽的灾难。美国作家埃里克·伯科威茨在《性经验史》一书指出,"所有的古代文明都专注于控制人的性生活"。控制,即是让情欲处于法律、道德规定的位置上,以及合乎理性,不至于泛滥成灾，进而导致社会秩序的崩坏。人们相信，只有行为可控了，社会秩序才会齐整，才会良性地向前发展。

问题就是，僧人们与生俱来的情欲，不像普通人那样有合法的满足渠道。它一旦发生，便是一桩不可饶恕的罪愆。特殊的身份，让僧人在情欲面前面临着双重的惩罚。一是现实中的法律，一是佛门戒律。晚明文人沈德符在《万历野获编·释道》中有一则《女僧投水》，记载着怎么处理女尼作奸："……上尝使人察在京官家有奸者，时女僧诱引功臣华高、胡大海妾数人，奉西僧行今天教法，上命将二家妇女，并西僧女僧俱投于河。既不必谳鞫定罪，亦不需刀锯行刑，尽付洪波……顷江右周中丞（孔教）以乙巳丙午间，来抚江南，因吴中有假尼行淫一事，遂罗致诸尼，不笞不逐，但以权衡准其肥瘠，每斤照豕肉之价，官卖与鳏夫。"由此可见，惩罚的弹性极大，似乎完全看当权者的意志与心情。朱元璋性残暴，将人投河，颇契合他的行事风格。"每斤照豕肉之价，官卖与鳏夫"，人命若家畜，不亦悲哀乎。

洪武二十四年（1391），《申请佛教榜册》颁行，朱元璋终于对僧侣蓄妻行为作了明确的刑罚标准："僧有妻者，许人捶辱之，更索取钞五十锭。如无钞者，打死勿论。……如不还俗有不弃离,許里甲邻人擒拿赴官。徇私容隐不拿者,发边远充军。"(周齐,《明代佛教与政治文化》)由此可见,《僧尼共犯》中邻里街坊的偷窥行为,不仅仅是戏剧的夸张,还是对现实的描摹。县官索贿之举,算是有法可依。

当一个人的情欲不被世俗法律所承认,便是私情。世俗社会对待私情的态度,往往是民不告官不究。毕竟,多一事不如少一事。看似铁壁一般的律法,因此有了一道道细小而绵长的缝隙。

为了弥补铁壁中的缝隙,自然而然会诞生更广阔、更有力量的惩罚措施。戒律本身并不可怕,若无紧随而来的惩罚,无非就是一堆死字。可以说,惩罚的力度决定了戒律的可怕程度。完美而周密的戒律,所管辖远不止是琐碎精确的日常,还有深不可测的幽冥。于是,情欲被妖魔化,触犯色戒的后果被大肆渲染。于是,焕发情欲的对象,被佛教视为是肮脏、不净的存在。所以,高僧修炼时,若是遇到色欲的诱惑,对女色的处理,往往是作不净的联想。晋代高僧惠嵬在山谷禅修,遇天寒大雪,忽有绝色女子求宿。惠嵬坚定内心,断然视女子为盛屎革囊,女子遂飘然而逝。

死是生命的终结，也是根植内心的本能恐惧。可在轮回系统中，死亡只是一个阶段的节点，一个人的生命结束了，还有漫无边际的此生等待着他。冯梦龙在《新桥市韩五卖春情》一文中，色欲过度的吴山"病势危笃"，躺在床上，一闭眼睛，前前后后三次梦见一个胖大和尚前来索命。原来，胖大和尚是个冤魂，生前犯了色戒，"死在彼处，久滞幽冥，不得脱离鬼道"。胖大和尚的不幸在于丧失了命运的希望与绝望。他没有投胎的权利，这个改变命运的希望渠道，已经被堵死，也不能用最激烈、最绝望的手段（比如死亡）来脱离苦海。当痛苦成为一种习惯，一种日常，人生就进入麻木状态，命运被悬置在半途之中，既无动力改变，也无勇气结束，这是比绝望更加可怕的状态。在胖大和尚"偶见官人，白昼交欢，贫僧一时心动，欲要官人做个阴魂之伴"，谁也不知道他在那麻木之海逡巡多久，而"偶见"的概率到底能有多高？

人的一生，被悬宕在漫长无垠的时空里，被搁置在难以挣脱的轮回系统中。一时的欢愉，如洪水猛兽，冲决了内心，修行便毁于一旦，让自己坠入苦海，无疑是件得不偿失之事。

三

严峻的律法，辅以莽莽幽冥，一张由外而内、了无死角的"法网"，就此铺展开来。几乎所有的僧人，生活在这张"法网"之下，小心翼翼地管束自己的情欲，不敢越雷池一步。然而，一个无法回避的问题，始终横亘在人们心中：色戒与禅修真的有必然的联系吗？

在北宋诗僧惠洪看来，答案是否定的。惠洪一生放浪形骸，常与文人出没青楼，喜狎妓。他的情感生活颇为丰富，"十指嫩抽春笋，纤纤玉软红柔。人前欲展强娇羞，微露云衣宽袖。"(《西江月》)，眼前的少女，仿若从《诗经》中走出，年华正茂，未语含羞，或与惠洪初见；直至相恋，"画架双裁翠络偏，佳人春戏小楼前"(《秋千》)，秋千架下，嬉笑欢愉，韶光难忘。惠洪一生两度入狱，命运多蹇，又受制于僧人的身份，爱情所需的安稳，自然是难以提供的。可这段情，已经镌刻在他的生命深处，在某个大雪纷飞的夜晚，他会突然想起女孩"为谁风鬟浣新妆"(《西江月》)，往事随风而来，惆怅入骨，"湘浦曾同会。手挐轻罗盖。疑是梦，今犹在"，最后天色将亮，只好安慰自己，"多少事，却随恨远连云海"(《千秋词》)。

惠洪与其说是僧人，不如说是位诗人。一颗纤细、多愁的内心，让他更容易为爱欲感到哀伤。关于惠洪这些离经叛道的行为，自然不会缺乏批判者。惠洪丝毫不在意，甚至针锋相对地作偈云："道人何故，淫坊酒肆。我自调心，非干汝事。"

怀有这种观念的僧人，远远不止惠洪一人。北宋时期，僧人狎妓纳室成为一个不可忽视的社会现象。僧人偷情、私通等已是见怪不怪，真正让人吃惊的是岭南一带僧侣嫁娶俨然成为风俗，庄绰在《鸡肋篇》曾有记录："广南风俗，市井多坐估，多僧人为之，率皆致富，例有室家，故其妇多嫁于僧。"可见，丰厚的收入，保证了僧人在婚恋市场上的竞争力。此时，"色戒"变得孱弱无比，几乎丧失了所有的约束力。不止如此，当官府想要整顿僧人娶妻纳室的现象时，亦不得不投鼠忌器，结合岭南民情，给执法者留下回旋的空间："僧致妻孥等事，深宜化之，使之悛革。无或峻法，以至烦扰。"

以僧人为谋生手段的人，虽身披僧袍，住着寺庙，但向佛之心可能没有想象中的强烈，他只是依托寺庙而生活，把和尚当作谋生的手段和职业。在《儒林外史》之中，一群和尚跟着儒生们在寺庙里杀猪宰羊吃肉。百姓们丝毫不以为奇怪,和尚也不避忌讳,如同寻常。《金瓶梅》中的尼姑,也和平常妇人无异,向大户人家募捐,推销经书等活动屡见不鲜。

情欲是无孔不入的流水,先是渗进狭小的缝隙,而当涓涓细流化为汹涌洪水时,再坚硬的铁壁亦无法避免被冲决的结局。既然娶妻纳室被默认,那么面对着僧人们的旺盛需求,便催生了一个令人尴尬的市场:敏锐的老鸨们把青楼开到佛寺前面,方便僧人们寻欢作乐,甚至佛寺直接变成淫坊。北宋汴京有景德寺,寺前有桃花洞,孟元老在《东京梦华录》直指其乃"皆妓馆"。

娶妻纳室,游冶狎妓,纵情于声色者,既有精通佛学的禅师,又有奔波于生活的僧侣。当个体行为发展为群体现象时,注定会有人会不断地为之辩护。戒律的惩罚力度,虽早已孱弱无比,可根植在意识深层的规训,也许会某个贪欢的夜晚,在某个孤寂的时刻,突然窜出脑海,发出一声回响,叫人冷汗直流,两股战战。随之而来的,便是情欲与戒律的纠结。为了缓解无时不在的焦虑感,僧人们就必须给自己的行为找个合乎逻辑的理由。

僧人想要找个行乐的理由,其实并非难事。大乘佛教对于男欢女爱并不排斥,相反还认为是一种修炼的手段。

在禅宗看来，日常生活里的吃饭、穿衣、砍柴等行为，亦是见证心性的方法，是"平常心是道"的体现。进而，南宋高僧宗杲认为色欲亦是一种"平常心"，能令人证入菩提道。《维摩诘经》有云："示受于五欲，亦复现行禅，令魔心愦乱，不能得其便。火中生莲花，是可谓稀有；在欲而行禅，稀有亦如是。"可以预见，"在欲行禅"的观念多多少少缓解了僧人们对沉溺声色的焦虑。

四

金圣叹毕生挚爱《水浒传》，尝言其胜似《史记》。在无数个夜晚，他燃着昏黄的灯，眯着眼睛，一字一句地品读着施耐庵笔下的故事。纷纷纭纭的水浒江湖，与山与水与天与地，与烦烦扰扰的大千世界，渐渐相融。一日，读至《杨雄醉骂潘巧云，石秀智杀裴如海》，见潘巧云裴如海两人私通，想到自己平日所见，心中顿生愤懑之气。于是，金圣叹下笔如刀，写批语，改词句，以陈己见。

通过对《水浒传》的点评与修改，金圣叹发表着自己的文学与美学的主张。他洞若观火，以批注的方式，层层剥开施耐庵写作的秘密。同时，金圣叹又是极其傲慢的，至少在某个阶段，他会把自己凌驾于作者至上，利用批评家的身份与权力，对原著进行删改、调整，进而让《水浒传》无限趋近完美。

裴如海潘巧云的私情——当然不会是个例，而是较为普遍的情况。如裴如海这类僧人不事生产，时间充裕，举行一场水陆法事，便可获得不菲的收入。因此，他的穿戴与房间铺设的精致程度，与公子哥相比，亦是不遑多让。裴如海有钱有闲有小，正是勾引妇人的有利条件，潘巧云之属安能不动心？

裴如海穿着华丽，住得堂皇，内心深处却视佛门戒律为无物，积极追求、满足自己的情欲。与之形成有趣对比的，乃是出没在各笔记、小说之中的"癞头僧"，外表污秽，形象古怪，令人敬而远之，其内心却超然、洁净。

潘巧云与裴如海的私会，石秀是躲在暗处的偷窥者。初见潘巧云，他是上上下下地瞧个仔细，仿佛把眼睛贴在潘巧云的身上。见裴如海，"看那和尚时，端的整齐"，穿衣打扮都瞧得真切。施耐庵笔下，因石秀对潘巧云有欲念，故而嫉妒裴如海。

被施耐庵看作是"色中饿鬼"的裴如海，着实是情场高手。他与潘巧云的偷情，堪比西门庆与潘金莲。在《杨雄醉骂潘巧云，石秀智杀裴如海》一回中，裴如海与潘巧云算得上是"郎情妾意",见面是"那和尚两手接茶,两只眼涎瞪瞪只顾睃那妇人的眼。这妇人一双眼也只管笑眯眯睃这和尚"。两人旁若无人地眉目传情,又借喧嚣佛事的遮掩,步步为营,吃了一回酒,才到房里"看佛牙"。裴如海对潘巧云惦念两年之久,终于了了心愿,"和尚便抱住这妇人,向床前卸衣解带,共枕欢娱"。自此,稍有空隙,两人便云雨一番。

金圣叹因偏爱石秀,把他初见潘巧云、裴如海的反应,悉数删掉。不止如此,当潘巧云与裴如海眉目传情时,石秀"自肚子已有些瞧料",及"门前低了头,只顾寻思"后,改"和尚"为"贼秃"、"妇人"为"淫妇"。

石秀侦查潘巧云、裴如海,细究起来,实乃师出无名。石秀与杨雄,并没有血缘关系,只是兴趣相投的朋友。因此,石秀可以说是篡夺了杨雄的管辖权力。对"贼秃""淫妇"的道德判断与谴责,给了他篡夺的理由。石秀也藉由杨雄之手,对偷情的和尚、妇人进行了审判与惩罚。

金圣叹通过文字的改动,让潘巧云、裴如海的形象越发令人厌恶。这就是文字的惩罚,是作者不可剥夺的权力。与现实法律相比,它更加绵长;与茫茫的幽冥相较,它更具有操作性。学者祁连休在《中国古代民间故事类型研究》一书中，整理出中国民间故事、古典笔记中的故事母题与类型。在卷中，有一则为"抄斩淫僧型故事"，可看作文字惩罚嬗变的案例。其具体故事为："某地一位或数位淫僧以拜佛求子等手段骗奸无数妇女，甚至将其囚于寺内以供淫乐。后败露，官府乃抄斩淫僧，并毁其寺。"祁连休先生指出，这个故事类型滥觞于宋朝，历经明清，直至"现当代仍在河南、河北、陕西、四川、山东、安徽等地流布"。

宋杨和甫笔下的"抄斩淫僧"类故事，惊悚、恐怖的色彩，并不浓烈，他只忠实地记录下一则发生在时代的新闻。僧人奸淫妇女的方法，是"僧造一殿，中塑大佛，诡言妇人无子者，惟祈祷于此，独寝一宵即有子。盖僧于房中穴地道，直透佛腹，穿顶而出，夜与妇人交合"。大多被侵犯的妇女不敢声张，直到有士族的妻子，前去求佛，"中夜僧忽至，既不能免，则啮其鼻"。僧人奸淫妇女一事，这才败露出来，最后被官府抄斩。

僧人为了奸淫妇女，不但要造大殿、大佛，还要挖地道，颇费周章，这不太符合现实逻辑。但僧人奸淫妇女的新闻，自然是发生过的，且引起较大的轰动，杨和甫可能没有在第一现场，而是在某个朋友口中得知。是朋友添油，还是作者加醋，这是一个永恒的谜题，也是文学中最耐人寻味的追问。

对于写作者而言，"添油加醋"是一种难得的能力。"抄斩淫僧"在嬗变之中，故事漏洞不断地被弥补，僧人的穷凶极恶的面目逐渐清晰、定性。为了让故事更有可读性和可行性，"挖地道"的做法被抛弃，变为幽室或地窖。不止如此，为了对抗恶僧，还引入智勇双全的"书生"一角。书生、僧人平日的关系，极为要好。直至偶然有一天，书生在僧房里撞见被囚禁的妇女，才得知好友背地里做下这些龌龊事。僧人见事情败露，便恶向胆边生，欲杀死书生来保全秘密，好在书生急中生智，先设计灌醉僧人，再杀他，众多妇女因而得救。

"抄斩淫僧类型"故事，情节从简单到丰盈，其实是一个"失真"的过程。原本真实的历史，经过数朝数代的作者修改，早就模糊了面目。对于历史来说，"失真"无疑是悲哀，但对文学来说，"失真"也许是幸运。经过对照不同朝代的"抄斩淫僧类型"故事，我们显然能发现到作家们经验的积累以及写作技巧上的突破，如藕香主人所编写的《稀奇古怪不可说·和尚密室》，已经是一则极为精致、引人入胜的武侠短篇小说了。

既然书写是一种权力,那么故事"失真"的过程,则可理解为权力通胀。正如经济一通胀,购买力就会下降,故事越"失真",惩罚的力量便会越薄弱,最终彻底会滑向娱乐化。

五

明海禅师已经垂垂老矣。面临着日益迫近的死亡,他并没有惧怕,心中反而充溢着即将充溢苦海的恬静与欢喜。时光如白驹过隙,回望人生,那名懵懂、哭闹的毛头小子,似乎正站在自己的跟前。父母的模样,早已模糊,长老只影影绰绰地记得,孩提时家中贫困,父母无法养活一大群兄弟姐妹,只得把自己送往了寺庙。寺庙的生活,似乎比家里要好,饭菜管饱,不必担心饥饿。自此,明海就跟着师父念经、撞钟、做水陆。

如果当时还俗跟她在一起,我的人生将会怎样?会跟她一起白头偕老,儿孙满堂吗?有段时间,这个问题会突然蹿上慧明长老的心头。十八岁时,明海认识了一位姑娘。她家住在寺庙附近,租种了寺庙的田地。姑娘经常跟随父亲到寺庙里交租子,一来二往,两人就成了极好的朋友。杜鹃花开遍山野，一起看过；稻子黄了，田野里有他们收割的身影。秋天落日熔金，冬日落雪纷纷，在明海长老心中成了一幅画，少女明亮的笑脸清晰如昨日。现在，她还好吗，还记得自己吗？

二十五岁时，师父突然圆寂。随着寺里的人事变动，明海的生活，陷入了一阵混乱之中。由于没有取得度牒，身份上的焦虑始终困扰着他。明海听说，由于近年来僧侣泛滥，朝廷有意收紧度牒的发放。富有的僧人们，用手中的金钱向官府购买了度牒。由于度牒数量紧张，价格被抬高至千两一张。明海手里哪里有这么多钱？好在，他最终通过考试，拿到了度牒。那一年，他已满三十。

到明海成为住持，掌管寺院时，他已人过中年。寺庙在他的经营之下，香火日益旺盛。某年大旱，民间饥馑四起，在他的主持之下，举行了隆重的祈雨法师和赈灾活动。明海长老与寺庙的声名，日益隆盛。很快，皇上便召见了他，并赐州僧正一职。

人生无常势。天子忽而驾崩，太子继承大统后，深感佛事、僧伽泛滥，便下令整顿。朝廷一声令下，寺院的田产被查抄，无数的僧尼被勒令凡俗。一时之间，佛门哀声连连。明海长老见了，便上书天子，苦谏一番。天子震怒不已，然而念明海长老已经年迈，只革去州僧正一职，遣归寺院。自此，明海禅师便沉潜经典，参禅悟佛。

行文至此，想必你已经猜出，明海禅师是一个虚构的人物。他的人生际遇，只是封建时代僧侣群体理想人生的速描——我们了解一个人，出于懒惰的思维，往往会把身份与职业当作是个人本身。附属于身份的价值、戒律、观念等，极有可能会被我们理解成是个人的信念，进而忽视了日常生活的幽微。

圣僧到底要不要？看似是戒律与情欲的纠结，其实对自我命运的叩问。不管选择哪个答案，最终都会通向斑驳而严峻的历史与现实。

江湖无正义

宋江落草前，是郓城县的押司，职位大概相当于现在的派出所所长，是个基层公务员。金圣叹点评他："宋江，盗魁也……每每过许宋江忠义，如欲旦暮遇之，此岂其人性喜与贼为徒，殆亦读其文而不能通其义有之耳！自吾观之，宋江之罪之浮于群盗也，吟反诗为小。而放晁盖为大。何则？放晁盖而倡聚群丑，祸连朝廷，自此始矣。"金圣叹的意思非常明显，宋江虽然私德不错，但却是渎职的公务员。晁盖在梁山泊为寇时，虽然吩咐底下人不可要了寻常百姓的命，只取财产货物，但也不能改变他是强盗这个事实。宋江作为押司，不尽力剿匪，反而私放罪犯，这样的行为无论如何也不能是正义的。

梁山泊是江湖的象征，如范仲淹所言，"处江湖之远，居庙堂之高"。远与高之间的距离，似乎向我们揭示了江湖和庙堂各处一端。他们各自的秩序和价值体系，更是强化了这种分裂。在笔记小说中，我们可以看到许多能人异士，他们不受世俗的规则束缚，活得相当地潇洒自由。金庸小说中的大理段氏是个奇特的存在，他们既是庙堂之人，又是江湖中人。两种身份如白天黑夜一般分明，所以当段誉被段延庆擒获后，段正明一干人等到万劫谷去救人，见到了江湖中人，所使的手段也只能是江湖规矩，不能按朝廷规矩来办事。

武侠小说家给我们塑造的江湖世界，是一个化外之地，是朝廷盲点所在。江湖规矩维持这个世界的秩序，并使之能有效地运行着。但我们细究下去，可以发现，江湖规矩其实薄弱得很，它没有法律那样的强制力，只是一些道德规范，性质如中学生守则。比如说，正派人士是要行侠仗义，是不能奸淫掳掠，而邪派人士则反之。在市民社会中——对，就是武侠小说中的那些平常百姓，晁盖口中的寻常客商——犯罪了自有法律的制裁。但江湖中人不一样，江湖中人的制裁要来得爽快与直接——依靠武功和道德来行驶制裁的权力。这里的危险之处在于，如何保证武功高强的人是正义的？因为归根结底，江湖是一个丛林社会，奉行着弱肉强食的法则。所以，强力者既可以是仲裁者，又可以是破坏者——想要实施正义基本上是靠强力者的道德自觉。然而，一些严峻的事实告诉我们，寄托于强力者的道德自觉，无疑是一种赌博行为。

宋江取代晁盖之后，梁山伯终于成为江湖上的朝廷。宋江才华顶多是中人，众好汉为何立他为尊？原因无非是他身上几无黑点的私德。宋江在杀死阎婆惜之前，名声极好，不贪污不受贿不好色，是个大孝子，经常扶贫爱幼，完全是个道德典范。梁山泊众好汉尊他，自然是为了"正统"。因为打家劫舍是需要师出有名，需要这种道德上的正义。历史中一些起义军反抗朝廷，打出的旗号往往是"清君侧"，言下之意就是我反的不是朝廷是坏人。而武侠小说中的正派人士杀人放火，自然也是为了行侠仗义——人命毕竟是轻微，到底不如声名来得隆重。

至此，我们可以发现，事实上"正义"是一个道德上的概念，它就像是一个箩筐，什么都可以装进去，什么人也可以用。孔子所言，名不正则言不顺。"正义"一词给许多犯罪行为提供了道德上的驱动力，使之名正言顺。也就是说，正是"正义"的存在让一些行为变得理所当然。

举个例子，由于我酷爱可口可乐而不喜欢百事可乐，所以完全可以用"百事可乐过甜"这个正义的理由去要求去封杀之。

没有独立的仲裁者去维护恒定的"正义"，必定是虚弱而多变的。在现代社会中，坏人也是有权利的。美国和香港电影不是有句经典的台词么：你可以说话，但你说的任何话都将作为呈堂证供。明显的，一个律师首要面对的首先是"人"，然后才是具备道德判断的"坏人"。"坏人"是个道德概念，而非法律概念。法律上并没有"坏人"一说，只有"嫌疑人和"犯罪者"。电影《七宗罪》的经典镜头是，摩根·弗里曼对布拉德·皮特说："你不能开枪，开枪你就毁了。"因为开枪之后，布拉德皮特虽然完成了复仇，但却犯下的杀戮之罪，正中凯文·史派西的下怀。

宋惠莲的猪头肉

宋惠莲被世人所惦记，原因有二：一是穿衣，刚亮相便穿了一身红袄紫裙，让西门庆当了回评论家；二是烧得一手好猪头，"只用一根柴火儿，烧得稀烂"，引得孟玉楼、李瓶儿等人赞赏不已。

且看宋惠莲是如何烧猪头的："于是起身，走到大厨灶里，舀了一锅水，把那猪首蹄子剃刷干净，只用的一根长柴安在灶内，用一大碗油酱并茴香大料，拌着停当，上下锡古子，扣定。那消一个时辰，把那猪头烧的皮脱肉化，香喷喷五味俱全"（《金瓶梅》第二十三回）。这里的"锡古子"，是山东的一种厨具，中间粗上下细，看过去就像是个鼓。猪头肉焖在里面，葱蒜佐之，想想就令人口水不止。

纵观《金瓶梅》全书，吃可占了不少的篇幅。若是读者有心，肯定能统计出不少的美食：西门庆与潘金莲偷情之时，王婆借口去买熟食；应伯爵在西门庆家吃饭，那副贪婪的嘴脸是经典的形象了。在中国古典小说里，对"吃"这个细节，是很痴迷的。刘姥姥带着天真与好奇进了荣国府，记住的是满桌的美食。当然，最妙的还是《儒林外史》中的马二先生，逛了一圈西湖，也吃了一圈，读者也跟着口水连连。

中国的古典小说，最有特色的一个是江湖事，一个是市井生活。江湖属于传奇，市井属于日常。我读《儒林外史》，专门去找各类熟食，找到了便觉得亲切万分。熟食虽然经过几百年的演进，味道和形状，是可以"推而论之"的。阿城讲人的饮食，提出一个颇为有趣的说法，说人小时候吃什么食物，脑里便会分泌出一种特殊的化学物质，形成味蕾记忆。所以，一个人无论走到哪里，饮食记忆还是属于童年的。比如说我，读大学时在湖北，舌头经过辣椒四年的轰炸，按理来是适应了湖北的味道，但一离开湖北，自己动手做饭时，味道还是不自觉地回到了小时候。所以说，舌头的记忆是最深刻的。而像兰陵笑笑生、吴敬梓这样的作家，肯定是有一颗热爱生活的心。不然，是不会把食物写得如此美好。

　　吃的重要性，是不言而喻的。所谓"食色性也"，用马斯洛的层次理论来理解，吃是最基本的，是生存之需要。况且，在中国古代，即使是太平盛世，大多数人还是处于勉强温饱的状态。马可波罗把中国描绘得非常美好，人民生活安康。可清末时期，外国使者到中国一看，才知农民们个个面黄肌瘦，营养不良。而且，这些农民个个狡诈，善于说谎。仓廪实而知礼节，可见道德是建立在吃饱饭的基础上。若是一个人长期出于饥饿状态之中，他看见活的东西就会两眼冒光。蛇、昆虫、老鼠、蝉蛹、蝗虫、树皮……这些都是饥不择食的无奈之举。当然，最严重的情况便是人吃人。阿城写过一篇小说，名字叫《炊烟》，讲的就是人吃人的境况，很是让人惊悚。所以，哪朝哪代出现人吃人的境况，社会肯定是濒临崩溃。

　　一个人要是饿久了，就算以后往后吃饱喝足，心理上还是充满危机感和饥饿感。杰克·伦敦在《热爱生命》这篇小说中，写到一个人穿过沼泽，与狼斗、与天斗，被人救起时，处于极度饥饿的状态。可待他吃饱之后，便把面包堆满了整个船舱。原因无他，怕饿。我小时候读过一本连环画,讲得是一个大胃王,他情况也是如此。大胃王小时候食物短缺,经常挨饿,等他长大后看见食物,便不停地往嘴巴里送——最终,他撑死了。中国人能吃、敢吃,而且在食材上不断地突破底线,或许与古老的饥饿记忆有关。

有吃便有局。所谓"局",简单地说,是微型的社会。狼群分享食物严格按照等级秩序来分,人类也是如此。在一张餐桌上,得有主有次——谁有权享受好肉,谁只能得到一些碎屑——这是权力多的运行法则,也是秩序所需。徐浩峰论中国人,说是善于把沉重变成游戏。换言之,中国人是公私不分,经常暧昧不清。比如说,项羽设了个鸿门宴,刘邦处于砧板之中,稍不留神便会命丧于酒席。可这样严峻的场面,偏偏就生出跌宕起伏的戏剧性来。当樊哙扛着生猪肩突入宴会时,我们便知道鸿门宴看似严肃,到处充满杀机,实则是个荒谬的游戏。

既然沉重可变成游戏,游戏当然也可变沉重,暧昧不清的妙处便是在此。《卧虎藏龙》中,俞秀莲怀疑玉府中人盗去了青冥剑,可苦于无凭无据,便借着拜访玉娇龙的理由去查探。俞秀莲故意打翻水杯,玉娇龙不慎露出了功夫。在王度庐的笔下,两人虽然口头上客客气气的,实际上是唇枪舌剑，好不精彩。香港电影颇多这样的情节，两个武林高手同坐一张桌子，两双筷子却互不相让，各显功夫！在这里，饭桌便不再是纯粹的桌子，争得也不是饭菜，而是整个桌子的主导权。

　　我们饕餮而食，受制于饭局。饭局里的精神，是也不是，不是也是。

后记：志怪与人情

大约是高二时期，我于《周作人自选集》中读到他的《五十自寿诗》。其中两句，我尤为喜欢，其音律一直萦绕在耳，其画面如在眼前：

街头终日听谈鬼，窗下通年学画蛇。

眼前仿佛出现一位悠闲老者，整日在固定的时间出现在茶肆或酒楼中，叫一杯水酒，点几个小菜，慢慢抿着，听说书人讲光怪陆离的志怪故事。或者，老者自己喝得微醺，神采奕奕地向众人说起早已烂熟于心的志怪故事。

中国有源远流长的志怪传统。自《山海经》以降，则有干宝的《搜神记》、唐人传奇、洪迈的《搜神记》、蒲松龄的《聊斋志异》、袁枚的《子不语》、纪昀的《阅读草堂笔记》，绵延数千年。而这些亦不过是古典志怪书海中之一粟。在我沉迷于志怪小说的那段时间，曾有个雄心，想把中国古典志怪小说浏览一遍，然而终于迫于现实的压力，放弃了这个想法。

志怪属于"稗官野史"，于志在治国安邦的文人而言，乃属小道，乃是消遣之作。蒲松龄科举不顺，乃化作聊斋先生，于茶肆、闹市中听南北往来的商旅讲各种怪异的故事；洪迈开始作《夷坚志》，亦已是经历宦海沉浮之后的中年。不管故事多么离奇，只要在他们视野之内，都会被记录在册。而这些庞杂的故事中，往往包含着大量社会生活、民俗习惯、婚姻制度等方面很有意思的东西。概而言之，在这些短则百字、长则千字的志怪故事中，我们能读到古代文人对社会、自我命运的关怀。

在"街头终日听谈鬼"一辑中，所收录的《人生如若大梦》，原文《韦氏》出自唐人牛僧孺《玄怪录》。读到此则故事时，我正在严肃地思考着"命运"。《韦氏》故事并不复杂，云一贵族女子曾作一怪异的梦，梦中她经历一段人生，有过辉煌，亦有过失落，但她为逃避自我的命运，迎接了在自己梦中所昭示的人生。看起来像是一个宿命论的故事，然而在我看来，情况并非如此，她并没有自暴自弃、自怨自艾,而是以刚健的姿态,去迎接人生,去发现生活的意义。"街头终日听谈鬼"这辑为上辑,意在挖掘志怪中的人情。

下辑为"此情不关风与月"。我刚来上海时,曾有一段时间,心情颇为抑郁。某日忽而翻开老杜的诗集,读到《赠卫八处士》一诗,录如下:

> 人生不相见,动如参与商。
> 今夕复何夕,共此灯烛光。
> 少壮能几时,鬓发各已苍。
> 访旧半为鬼,惊呼热中肠。
> 焉知二十载,重上君子堂。
> 昔别君未婚,儿女忽成行。
> 怡然敬父执,问我来何方。
> 问答乃未已,儿女罗酒浆。
> 夜雨剪春韭,新炊间黄粱。
> 主称会面难,一举累十觞。
> 十觞亦不醉,感子故意长。
> 明日隔山岳,世事两茫茫。

人生参商莫过于此。大学毕业后，忽忽十年，而同学少年亦各奔东西，各有前程。忽而于城市某个角落不期而遇，不亦是又惊又喜，不都感叹"儿女忽成行"？因而，下辑所收录的文章，则着眼于日常中的人情。

《佳人爱我乎》是一本小书，所收录的文章，最长不过三千余字。这么短的篇幅里，能说的大抵是有限。它们的存在，似只能证明我多年来一直陆陆续续地在写。

是为后记。